致青春 037

戀上浪花一朵朵

（中）

酒小七　著

高寶書版集團

目錄

CONTENTS

第五章

怦然心動

雲朵第二天起床時唐一白已經走了，他今天必須歸隊。路女士沒有去晨練，而是在教訓二白。牠把藥箱咬碎了，藥物弄得到處都是，一片狼藉。牠也知道自己做錯了，趴在地上一動也不動，扭過頭不去看路女士。看到雲朵走出來，牠盯著她想要賣萌求支援。雲朵哪敢支援牠，低著頭裝沒看到。

今天她沒有採訪任務，便去公司待命。一到公司，林梓興奮地告訴雲朵：那個殺人如麻的歹徒已經被抓到了，據說抓到他的是兩個見義勇為的一般民眾。

雲朵擺出高手風範，笑而不語。

她終於明白為什麼許多人愛當無名英雄了，這種「你崇拜的那個大英雄就是我，不過我不告訴你哈哈哈！」的感覺真的很不錯……

然而她沒有得意太久。因為警察局的長官帶著錦旗來公司，要正式感謝這位見義勇為的好市民。他們來得太高調，都驚動劉主任了。

警車在門口一停，還有人以為報社有人犯案，等看到那面錦旗之後，一個個嘖嘖稱奇。錦旗上印著雲朵的名字，還有「見義勇為，弘揚正氣」八個字。真是奇怪，雲朵不是採編中心那個小女孩嗎？才入職不到一年，她做了什麼見義勇為的事？

出於好奇，有幾個人跟在警察後面，還有人探頭探腦的。

劉主任在樓上聞風而動，警察找到雲朵時，剛好他這位主管也在場。

警察當著許多人的面把雲朵的事蹟講了一遍，換來大家由衷的熱烈掌聲。劉主任與有榮焉，覺得「見義勇為，弘揚正氣」那八個字簡直是他教出來的。

雲朵非常不好意思，紅著臉從警察手中接過錦旗，環視一圈，連劉主任都在幫她鼓掌，只有林梓的臉色有些陰鬱，不知道怎麼回事。

發完錦旗，警察又給了雲朵一張支票。通緝令上明確地寫了提供重要線索者，獎勵十萬塊人民幣。其實雲朵和唐一白生擒了那個歹徒，警察們覺得獎勵應該不止十萬，只不過由於沒人預料到會有這樣的事發生，所以規定最高獎勵就是十萬人民幣。

十萬塊人民幣對現在的雲朵來說是一筆鉅款。雲朵小心翼翼地接過那張支票，警察又問：「請問妳男朋友工作的地方在哪裡？或者還在上學？他昨天資料上沒填，我們今天去他家裡，也沒有找到他，打電話也沒人接。」

雲朵已經懶得和警察解釋男朋友的問題了。她心想，幸好唐叔叔和路阿姨都去上班了，要是知道兒子和歹徒打架肯定會非常擔心。不過有這麼一個見義勇為的兒子，也是一件十分驕傲的事吧？

唐一白怎麼說還是個運動員，也算公眾人物，雖然目前知道他的人多半都是圈內人以及在某八卦論壇潛伏的色女。如果大家知道另一個見義勇為的人是唐一白，肯定會變成新聞，到時候也許就眾人皆知了，不知道這會不會對他造成困擾。想到這裡，雲朵對警察說：「我今天打電話問問他吧，他的職業比較特殊。」

警察點點頭，「好的。如果可以，我們希望親手將另一面錦旗交到他手上。」

送走警察之後，雲朵正想打電話給唐一白，就立刻接到他的來電，也不知道算不算心有靈犀。雲朵一接起電話，就高興地說：「喂，唐一白，警察給了我們十萬塊人民幣！」

聽著雲朵興奮的語氣，那一邊的唐一白悄悄放寬了心。他一開始還有點擔憂雲朵今天的精神狀態，畢竟昨天受到那樣的驚嚇。唐一白笑道：『是嗎？警察真是太客氣了。』

「嗯嗯，我們要怎麼分贓呢，一半一半？」

『不用給我了，妳留著交房租吧。』

雲朵有點囧，「房租不用這麼多錢。」

『那就多交幾年。』

簡直沒辦法和他溝通，雲朵只好說道：「不管，你把銀行帳號傳給我，我把錢匯給你。另外，今天警察問我你在哪裡工作，他們想送錦旗給你。」

『不用那麼麻煩了，叫他們快遞給我就行了。』

「……那可是錦旗啊，錦旗哪有快遞的！」

唐一白笑道：『那怎麼辦呢？』

雲朵有些無奈，「算了，我幫你拿吧。」

『謝謝妳……我到底什麼時候才能請妳吃飯？』

雲朵早就把這件事忘了，哪有人要請吃飯像討債一樣。她答道：「什麼時候都可以，看你的時間吧。」

『那就明天吧。』

「好。」

兩人約好時間地點，唐一白掛斷了電話，然後聽到身後來自伍勇的怒吼：「唐一白！又偷跑去玩手機，不想混了是吧！」

唐一白趕緊把手機放好，滾回來，笑道：「打個電話而已。」

伍總沒好氣地看他一眼，最後目光停留在他小腹的瘀青上，他怒道：「這是什麼，你要煉成內丹了嗎？」

「不是……」這什麼比喻啊，他又不是妖怪。

唐一白只說自己打架受了傷，並表示可以正常訓練。伍勇終究還是心疼他，減少了今天的訓練任務，哪知道這臭小子立刻得寸進尺，「伍總，我明晚訓練完想出去一趟。」

「做什麼去？」

「請一個記者吃飯。」

「雲朵？」

唐一白沒有回答，伍勇卻也不需要他的回答。他只是警告他：「去吧。不過我把話說在前頭，你談戀愛我不管，但不要為了美色耽誤正業。」

什麼跟什麼啊。唐一白也懶得解釋，一頭跳進水裡，開始了今天的訓練。

階段性訓練結束，他在岸邊看到祁睿峰。祁睿峰扶著泳池的分隔繩，賊兮兮地看著唐一白，「你明晚要和雲朵吃飯？」

唐一白警惕地看著他，不答反問：「問這個做什麼？」

祁睿峰有些得意，「不要否認，我都聽到了。」

唐一白直覺他沒什麼好話，於是轉身要游開，然而祁睿峰的手臂像長臂猿一樣，一伸爪子就抓到他的手臂。祁睿峰說道：「我也要去。」

「不可能。」

唐一白簡直無語。這個人也太無恥了，他已經被坑過一次了，難道還要被坑第二次？

祁睿峰卻冷笑，「你不讓我去，我就告訴明天和向陽陽，到時候就不只是我去了。」

唐一白仰天長嘆。他竟然被祁睿峰威脅了……以及，報應來得好快……

※ ※ ※

雲朵不知道怎麼回事，今天的林梓看起來鬱鬱寡歡的，而且脾氣有些暴躁。程美穿了條漂亮的裙子，問他好看不好看，他直接回答「不好看」，把程美氣得要命，紅著臉就走了。

雲朵偷偷地查了一下股盤走勢，還好還好，沒有崩盤。那麼他到底為什麼不開心呢？

恰好林梓看到她查股盤走勢圖，他不屑冷笑：「賺了一點血汗錢就想投股票了？十萬塊人民幣扔進股市連個聲響都聽不到！」

他的語氣太讓人不爽了，雲朵也有點氣，「喂，我只是想知道你為什麼生氣！」

林梓愣了一下，隨即撇過臉去，小聲說道：「還不是因為妳。」說話的內容依然氣人，氣焰卻沒那麼囂張了。

雲朵不解地道：「我怎麼惹你生氣了？你不如直接說，陰陽怪氣的，我又不懂！你是女孩子嗎？還要別人猜心事？」

他突然一手扶著她的桌面，一手扶著她座椅的椅背，彎下腰來看她。兩人離得很近，雲朵被圈在一個狹小的空間裡，看著他修長的身影壓下來，她有點不自在。他的臉還是那麼蒼白，眉眼狹長，眸光冷冽。她看到了他眼睛裡自己的倒影，那表情有些愣怔。

雲朵移開眼睛，不和他對視。

他終於開口了，說道：「妳真有能耐啊？敢和殺人犯打？」

「不是我啊，」她解釋道：「打架的另有其人，我只是偷襲一下，補個刀。」

他逼視著她，「就是妳那傳說中的男朋友？」

「呃，這是個誤會，他不是我男朋友。」

他僵直的手臂輕輕鬆動了一下，眉角微不可察地悄悄舒展，輕輕一哼，「不管是不是，把妳置於那樣的險境，他總歸是個腦殘。」

雲朵不喜歡聽他罵唐一白腦殘，解釋道：「當時我們純屬無奈，那個殺人狂是個變態，誰看到他他就殺誰，唐一白還讓我先走了呢。」

「唐、一、白？」

她看到他輕輕皺起了眉，目光有淡淡的不悅。雲朵覺得他的心情應該類似於「我的好朋友有祕密卻不和我分享」的憂傷，她亡羊補牢地解釋：「我們……剛好順路。」

林梓十分不屑地「呿」了一聲，「誰關心你們順不順路。」他說完直起腰，轉身回到自己的座位坐下。

雲朵在他身後笑問：「小林子，你關心我啊？」

他也不回頭，只是答道：「妳想太多了。」

她心情大好，「明明就是關心我。」

「妳很自戀。」

雲朵看著他瘦弱的背影，捧著臉笑，「姊發財了，請你吃飯？」

「十萬塊人民幣就是發財？沒想到妳對發財的定義如此之低。」

又被鄙視了，雲朵怒道：「有沒有人對你說過，你一張嘴就讓人特別想扁你？」

「沒有，認識我的人都很喜歡我。」

「……」呵呵呵，從沒見過如此厚顏無恥之人。

雲朵並沒有嫌棄林梓的厚顏無恥，中午時依然要請他吃飯，除了林梓，她還邀請了程美。然而出乎意料的，程美拒絕了。

以往他們在公司經常和程美一起吃飯，三人像鐵三角一樣牢固。雲朵抱怨林梓，「看吧，都是因為你，程美生氣了。」

林梓特別有自信，「我說過我人見人愛，她不會真的生我的氣。」

「呵呵，那你去叫她一起吃飯試試？」

正好這時，程美從門口經過，朝辦公室裡望了一眼。林梓便趁機朝她揮手，「小美女，真的不打算和我們一起吃飯嗎？給個面子，雲朵請客，我們狠狠地吃她一頓。」

程美低頭翹著嘴角，「好吧。」

雲朵的下巴差點掉下來。她看著程美，笑道：「我終於知道妳的死穴了，是不是誰喊妳美女妳就跟誰走啊？」

程美紅著臉，像個害羞的小媳婦，「妳討厭！」

※　※　※

第二天，雲朵接到唐一白的提醒電話，要她不要忘記赴約，以及……不用打扮得太漂亮。

雲朵特別囧，唐一白真的就是喜歡樸素如農民的裝扮嗎？

他在電話裡欲言又止，也不知道有什麼難以啟齒的話。雲朵問道：「你到底想說什麼？」

唐一白長嘆一口氣：『等妳到了就知道。』

等她到了約定的餐廳時，終於明白唐一白的意思——祁睿峰……又來了……

「你們真不愧是好基友啊，」她忍不住感嘆：「像對方的影子一樣不離不棄。」

唐一白的臉黑了黑，鄭重地澄清，「我們不是基友。」

祁睿峰很高興，「雲朵，好久不見。」由於身高差距，無論他從哪個角度看她，都感覺像是在睥睨眾生，讓人倍感壓力。

雲朵摸了摸後腦勺，心想，也不是很久，上個月才見過。

由於祁睿峰的知名度太高，所以即使是三個人也需要包廂。雲朵坐下之後，唐一白和祁睿峰像兩大護法一樣分坐在她兩邊，跟他們的身形一比，她顯得有些渺小，分分鐘都要被擠扁的感覺。女服務生要了祁睿峰和唐一白的簽名，然後看著他們三個人說：「像是爸爸媽媽帶著孩子來吃飯。」

雲朵囧兮兮地看著她，不用說了，CP粉無處不在。

祁睿峰被逗樂了，翻菜單給雲朵看，「乖寶寶，點一個冰淇淋給妳。」

雲朵扭過頭，假裝不認識他。

祁睿峰又問唐一白，「你說我們誰是爸爸，誰是媽媽？」

唐一白同樣扭過頭，假裝不認識他——誰要和你當爸爸媽媽！

三人在這種愉快的氣氛中點了餐，然後祁睿峰拿出手機給雲朵看，推薦他最近在玩的遊戲。雲朵一看，哈，消消樂？這遊戲簡直無處不在，好像全國人民都在玩。她看到他目前的關卡數，感覺十分詫異，「你已經打到這裡了？比我還厲害！」總覺得以他的智商，到不了這個等級啊……

祁睿峰笑得有點囂張，「那是當然，我的好友裡只有我最厲害。」

「佩服佩服，」雲朵由衷讚美他，「你是怎麼做到的？」

「我實力出眾，就像我的一千五百公尺自由式一樣，so……」他想了一下，終於眼前一亮，「so easy。」他說這句話時的腔調很反常，抑揚頓挫的，像是在唱歌一樣。

「啊，你都能烙英文了。」雲朵有些唏噓。

「當然了，在國外接受採訪時通常都是講英文，這有什麼好奇怪的。」

她感到不對勁，「可是我沒看過你的英文採訪，好奇怪啊。」

唐一白突然插嘴道：「因為他的英文實在太爛，爛到有損形象的程度，所以國內電視臺通常不會播出。」

雲朵咂舌，「有這麼誇張？那得有多爛啊。」

「反正中國人聽不懂，外國人也聽不太懂。不知道二白能不能聽懂。」唐一白說著，看到祁睿峰焦黑的臉色，心裡莫名地油然升起一種報復的快感。揭了好朋友的短處，讓他完全沒有心理負擔。本來就不該出現在這裡的人，用不著給他面子，哼哼。更何況又不是當著別人，只是當著雲朵的面說，雲朵又不是外人。咦……？

唐一白沉浸在一種瞬息萬變的奇妙思緒裡，突然被祁睿峰打斷，「你閉嘴！」

「好啦好啦，你的遊戲借我玩一玩好不好？」雲朵怕他發火，重要的是奧運冠軍的英語水準如此令人心酸，她也有點於心不忍，於是岔開話題。

祁睿峰相當大方地把手機塞給她。然後他一手扶著她椅子的椅背，湊近去看。

不愧是接近關底的關卡，實在是太變態了。雲朵一邊感嘆這關何其變態一邊抓耳撓腮，玩得特別小心翼翼，祁睿峰在一旁指指點點，看到雲朵反應這麼慢，他有點鄙視：「妳很笨。」

「我這是謹慎，而且你的方法不對。」雲朵有些無語，他所謂的「實力出眾」真是讓人看不透呢。

唐一白坐在一旁，看著他們兩個擠在一起玩遊戲，突然有種被冷落的感覺。他看著祁睿峰把手臂搭在她的椅背上，低著頭，臉離她很近……這畫面有些刺眼。

「不要玩了。」唐一白說道。

然而那兩個人玩得特別專心，都不理會他。

只剩下最後一步時，螢幕裡還有七個冰塊沒有消掉，雲朵搖了搖頭，「過不了了。」

祁睿峰提醒她，「笨死了，快用錘子。」

「沒有錘子啊。」

「買。」

「……啊？」雲朵以為自己聽錯了，疑惑地看著他。

祁睿峰卻伸手，沒有搶走手機，就著她的手在手機螢幕上點啊點，雲朵連忙去看手機，然而祁睿峰不滿地道：「注意一下啊，我輸入密碼的時候妳不要看。」

「喔。」雲朵趕緊閉上眼睛。

祁睿峰看她慌忙閉眼睛的樣子，忍不住笑，「真傻。」

等祁睿峰說「好了」，她才敢睜開眼睛，然後她就看到道具欄裡多了十把小錘子。

雲朵：「……」

祁睿峰看她愣怔，便輕輕推了一下她的手臂，「發什麼呆，快用。」

雲朵的表情那個如夢似幻啊，她問道：「所以你一直都是用這個方式過關的？買道具？」

一把小錘子好幾塊人民幣，卻只能使用一下，十分不划算。雲朵從來沒買過付費道具，因為CP值實在太低。可是眼前這位仁兄，一口氣買了十把小錘子，眼睛連眨都不眨一下。

然而，這只是目前的一關，他之前過了那麼多關，都是怎麼過去的……

所以這才是他「實力出眾」的真相嗎？買錘子？

祁睿峰莫名其妙地看著雲朵，「有什麼不對嗎？」

「沒，」雲朵搖了搖頭，「就是覺得花那麼多錢，心疼。」

祁睿峰被逗樂了，「如果錢能買到快樂，我為什麼不買呢？反正我有錢。」

她竟然覺得他說得很有道理。不過，最後一句話真的好欠扁！

雲朵一怒之下點著小錘子，把冰塊啪啪啪地全部敲掉了。不得不說，那感覺真的，好他媽爽！

過了這關之後，她一臉滿足，直了直腰。然後她不經意一掃，看到唐一白正一臉陰鬱地望著他們。

他的臉色陰沉沉的，眼睛微微瞇著，盯著他們，兩眼如炬，那感覺彷彿小宇宙即將按捺不住，分分鐘就要變身的節奏。

見到雲朵看過來，他咬著牙說道：「把手機放下。」

雲朵輕輕地放下手機。

他抓住她的椅子，用力往自己的方向拉了一下。椅腳和地板產生了強烈的摩擦，那一刻雲朵感覺自己像坐在顛簸的拖拉機上，小心臟懸空了一下。

拖拉機停住時，雲朵離他近了許多。他把筷子放在她的餐盤前，朝她微微一笑，「吃飯。」

祁睿峰是個非常大剌剌的人，在飯桌上和雲朵有說有笑，以至於雲朵被他的沒心沒肺感染了，也就不去深究唐一白是不是生氣了。唐一白脾氣那麼好，才不會生氣，一定是在和我們開玩笑。

吃完飯，唐一白要送雲朵回家，祁睿峰也要跟著一起去。唐一白本來想拒絕的，可是也不知突然想起了什麼，他笑著說，「好吧。」

於是三人叫車往他家去。快到目的地時，副駕駛座上的祁睿峰奇怪地看著窗外，「唐一白，這不是去你們家的方向嗎？」

唐一白答道：「對，就是去我們家。」

「喂，我們是送雲朵回家。」祁睿峰有點不滿意。

唐一白斜眼睨了睨坐在他旁邊的雲朵。車裡太暗，看不清她的表情，只是看到她微微別過頭，掩著嘴巴輕輕咳了一下。

他的心情突然舒展開來。有些事情，僅存在於他和她之間，旁人無法觸及。

祁睿峰還在抱怨，「唐一白你太無恥了，你想回家為什麼不早說？」

唐一白淡定地扔出他的炸彈，「雲朵就住在我的房間。」

雲朵：這句話感覺怪怪的啊……

祁睿峰果然沒聲音了。他正經地回望他們兩個，沒有得到雲朵的否認之後，他確定唐一白並沒有開玩笑。

不過這句話真的很像玩笑，難道他們兩個已經拜堂了？

「咳！」雲朵突然有些心虛。剛開始知道她竟然租到唐一白家的房子時，她只是覺得這巧合令人震驚，即使看到唐一白裸體，也沒讓她有這種心虛的感覺。可是現在面對祁睿峰閃爍的目光，她突然就心虛了，彷彿有一些不該被人知曉的角落遭到窺探。她低頭解釋道：「我租房子時剛好租到了他們家，你說巧不巧。」

祁睿峰卻是滿面狐疑，他不相信會有這麼巧的事，同樣也不相信爸媽會把自己親生兒子的房間租出去。他疑惑地問唐一白：「你爸爸媽媽不要你了？你是不是親生的？」

「我是親生的，我們家還有房間。」

祁睿峰不屑地發出一聲冷笑：「我不信，當我笨蛋嗎？」

唐一白無奈道：「好吧，我和雲朵已經該領結婚證書了，就等我年滿二十二歲。所以她住進了我們家，這下你信了吧？」

雲朵好不窘迫，「你不要亂講啊……」

祁睿峰看看唐一白，又看看雲朵，他的目光在這兩人之間逡巡很久，終於還是搖頭，「我不信。你親她一下看看？」

唐一白的手掌按住雲朵圓潤小巧的肩頭，輕輕一帶，兩人的距離瞬間拉近。雲朵眼睜睜地看著他的身影壓下來，嚇得眼睛都瞪圓了。天啊，這位大哥你不是來真的吧？要不要這麼拚啊……

她嚇得拚命向後靠，然而堅強的椅背阻擋了她逃避的路徑，於是她緊貼在椅背上，退無可退，就這樣眼睜睜地看著那個影子越來越大。陰暗的車廂中她看不清楚他的表情，只感覺到陡然欺近的陌生氣息，像是綿延的絲線，緊緊環繞住她。

她的心臟突然劇烈跳動起來，血液呼嘯著奔向大腦，像狂歡一樣，耳朵裡持續鼓動著血液刮過血管的轟鳴聲。

她緊張得一動也不動。他緩緩靠近，幾乎近在咫尺，她突然想要推開他，此刻卻發現自己的兩隻手腕已經被他牢牢按在座椅上，無力動彈。

他要親我了。唐一白要親我了……她滿腦子都是這樣的想法。

就在這時，她眼角閃過一片亮光，晃得她忍不住瞇起眼睛。她本能地追著那片亮光，看到祁睿峰已經換了個姿勢面對著他們。原來是他擔心看不清楚，就把手機調成手電筒模式，光源正對著他們，自己則是一臉興味盎然。

看到唐一白停下來，祁睿峰不滿道：「親啊，怎麼不親了？」

唐一白低聲咒罵了一句，坐回自己位置上。他閉了閉眼，壓下心中的驚濤駭浪。

——他竟然真的想要親她！

那股興奮像是吸血鬼陡然聞到了鮮血的香氣，激動著，渴望著，幾近失控，想要就這樣不管不顧地親下去。

這感覺是那麼陌生，他在以往二十多年的生命裡從未感受過；這感覺又是那麼強烈，強烈到他根本無法控制自己，如果不是被祁睿峰打斷，他就真的親下去了。

這要命的感覺是……是……還能是什麼！

他靠在座椅上閉目養神，神態平靜，心情卻如波浪翻湧。

到底是從什麼時候開始的？第一次見面嗎？不，不是。她給他的第一印象只是很好玩，甚至有些滑稽，最多是可愛而已。他見過的可愛女孩子多得很，不可能那麼容易喜歡上她。後來呢？後來在學校又見過她一次，那時候呢？那時候相對來說只不過不算是陌生人，她依然可愛，不然他也不會逗她。可那玩笑也與喜歡無關。

再後來呢？她幫他惡補英語，他對她充滿感激之情。這時候的感激是否已經染上不一樣的情愫？

再後來……

唐一白驚訝地發現，他和她認識以來，每一次相見，每一次相處，甚至每一次通話或視訊聊天，他竟然都能記得一清二楚，猶如歷歷在目。閉上眼睛，他們的交集就成串地清清楚楚排列出來，形成一條獨特的軌跡。唐一白知道自己記憶力不錯，但也不至於強悍到這種地步，連她高興時那微微抖動的長睫毛都能記住，連她生氣時硬邦邦，彷彿剛從冰箱裡拿出來的糖塊般的聲音……都能記住。

不只記住，而且記得很清楚。

然而他卻找不到這無端愛意的起點。所有那些細節，都是他情感的綿延抑或追溯，而這份感情的線索卻深埋千里，彷彿悄然無絕，她就這樣走進了他的心裡，正如春夜柔軟清涼的雨，潤物無聲。

他輕輕嘆了口氣，側頭看她。

她埋著頭，硬邦邦地說：「以後不要開這種玩笑了。」

唐一白微微愣了一下，隨即像是被一盆冰水澆得透徹。所以他不僅僅是喜歡她，而且還是單相思嗎……

他悶悶地「嗯」了一聲。

前面的祁睿峰絲毫沒有感覺到後座氣氛的微妙，他自顧自地說：「好吧，現在我相信你們的關係是純潔的了。」

唐一白心想，已經不太純潔了……

雲朵從此一直到下車，都再沒說話。到目的地後，唐一白擔心媽媽見到他會生氣（因為他回來是為了送人），所以也沒下車。見到雲朵下車後一聲不吭，他有點鬱悶，搖下車窗叫住她：「雲朵。」

「嗯？」雲朵轉身看他。

「再見。」他說道，努力笑得人畜無害。

「喔，再見。」她朝他搖了搖手。

祁睿峰也察覺到一絲不對勁，等計程車掉頭之後，他用責怪的語氣對唐一白說：「你嚇到她了。」

唐一白想到就氣，「是你讓我親她的。」

祁睿峰理直氣壯，「我讓你幹什麼你就幹什麼，你以前怎麼沒這麼聽話呢？說不定是你自己圖謀不軌！」

他一句無心的爭論，反倒正好戳中唐一白的心事。唐一白冷哼一聲不理他，低頭傳了一則訊息給雲朵：嚇到了？

過了一會兒，雲朵回他一個問號。

唐一白解釋：剛才，只是開個玩笑。

雲朵：嗯，沒事。

唐一白：真的沒事？

雲朵：你放心，我是不會誤會的。

忍著看到這句話之後的煩悶，唐一白回她：那就好。

雲朵看著這三個字心想，這根本不是誤會不誤會的問題好嗎……

她發現，自己可能對唐一白抱有那麼一點不切實際的想法。

不過也不一定，男女之間的感覺有時候就是那一剎那，大家的腦袋突然當機了而已，過了那一會兒，依然會歸於平靜。

沒錯，就是這樣。她只是有那麼一瞬間的心動，不代表她真的喜歡他。被一個帥哥壓著強吻，任誰都會有點小激動吧？這又沒什麼大不了……

這樣想著，雲朵獲得了一絲安慰。

然而，這安慰並沒有持續太久。當她洗完澡，躺在唐一白睡過的那張床上時，某些奇怪的思緒像野草一樣瘋長起來。床單和被套都是唐一白用過的，雲朵間接聞到了唐一白的氣息。她知道這是幻覺，因為她前幾天才換洗過，然而如此理智的認知無法阻止她感官的走火入魔。她躺在唐一白的床上，她蓋著唐一白的被子……她像是被唐一白的氣息包裹住一樣。

真是要瘋了。

雲朵紅著臉坐起來，下床開電腦，在網路上重新訂購了一套床單被套。

從那晚之後，雲朵有半個月沒見到唐一白，她的心情漸漸平靜下來，換了新的床單被套之後每晚睡得格外踏實，這讓她更加堅信之前那片刻的心跳加速只是一種臨時的心動，無以為繼的那種。

然而，她心底深處又彷彿有一片角落被占據了。無人能看清，無人能觸碰。

有時候，她還想見到他，就是想見一面，隨便聊聊天那種。雲朵覺得這和老朋友之間的思念差不多，畢竟，她也經常想念陳思琪嘛。

※　※　※

五月下旬的某一個下午，雲朵在出完採訪任務後，與梁令晨一起喝了杯茶。

這是梁令晨主動提出的。梁令晨非常懷疑如果他不主動找雲朵，雲朵都不打算找他。這讓他多多少少有點挫敗。想想他梁令晨家世、樣貌、學歷、人品樣樣不缺，一直以來從不缺追求者，怎麼到雲朵這裡，他的魅力就打了折扣呢？

雲朵忙得昏頭轉向，收工之後，中間又因為公事耽擱了一下，等到了約好的茶室，梁令晨已經等了一會兒。梁令晨先替她倒了一杯茶，溫度剛剛好，她也沒在顧形象，端起來一飲而盡，特別豪邁。

梁令晨溫和地笑著。

喝完茶，雲朵說：「對不起啊令晨哥，公司有個比我還新的小新人出了一點狀況，我去救了一下火。真是抱歉，讓你等了好久。」

梁令晨聞言搖搖頭道：「不用跟我這麼客氣。而且，遲到是女生的特權。」

其實雲朵不喜歡享受這樣的特權，她跟人約見面通常都很準時。她吐了吐舌頭，問：「令晨哥，你今天找我有事嗎？」

「沒事就不能找妳嗎？」

「哈，不是啊。」

「今天確實有一件事想和你說，」他笑了笑，抬起兩根手指，輕輕扶了一下鼻梁上的無框眼鏡，「雲朵，其實一開始我和妳見面，完全是礙於長輩的面子，打算見面之後好交差。」

雲朵撓了撓頭，傻笑道：「我也差不多啦。」

「不過見面之後，我發覺妳無論外貌還是性格都很對我的胃口。」

雲朵不知道該怎麼接，梁令晨卻追問道：「那麼我呢？你覺得我怎麼樣？」

她只好繼續傻笑，「令晨哥你……挺好的……」

梁令晨看著她的眼睛，失笑道：「所以妳這是在發好人卡了？」

雲朵不知道該怎麼回答，好像無論答「是」或「不是」都不太合適。

恰好在這時，她放在桌上的手機咚咚地響了兩下，雲朵連忙去看手機，以此來化解那道問題背後微妙的尷尬。

梁令晨扶著茶杯，小心地看著她。他看到她展顏笑起來，那笑容溫暖明亮，實在有點晃眼。然而她什麼時候這樣對他笑過？沒有，從來沒有。

他微不可察地嘆了口氣，問道：「看到什麼了，這麼高興？」

「是唐一白，」雲朵笑著，輕輕晃了一下手機，「他說他要去澳洲外訓，在海邊會被曬得很黑，等他回來就變成唐一黑了。」

梁令晨也被逗笑了，笑過之後有點詫異。這是他認識的那個唐一白嗎？在他的認知裡，這個表弟最大的特點就是早熟、沉穩，很少見到他如此頑皮的一面。

雲朵放下手機，梁令晨又幫她倒茶。他邊倒邊說：「雲朵，妳是不是怕我向妳表白，請妳做我的女朋友？」

雲朵沉默不言。

梁令晨又道：「妳放心，我之前確實有過這樣的想法，不過現在，我決定放棄了。」

雲朵悄悄鬆了口氣。

梁令晨卻有些失落了，「妳一點也不好奇為什麼嗎？」

「呃，為什麼？」

「妳心裡裝著別人，暫時容不下我的位置。」

雲朵張著嘴巴，驚訝地看著他。

「所以我只好在徹底喜歡上妳之前，選擇放棄。」他說。

※　※　※

晚上，雲朵收到了來自祁睿峰的訊息。

祁睿峰：下個月六號下午四點，我會搭飛往布里斯本的飛機，到時候會有很多粉絲前來送行。妳是我的粉絲我當然要提醒妳，不用謝。

雲朵：……………

雲朵：我既然是你的粉絲，當然就會密切關注你的一舉一動，所以不需要你的提醒啦！

祁睿峰：╮(╰>╭)╯

雲朵：你放心吧，我是一定不會去的！

祁睿峰：……………………

祁睿峰：唐一白也會去。我們去同一個俱樂部外訓，只是教練不一樣。

雲朵現在不能看到「唐一白」這三個字，總有種心虛的感覺。都怪梁令晨，說話幹嘛那麼犀利。她猶豫地問祁睿峰：唐一白怎麼不自己和我說？

祁睿峰：他說怕影響妳工作。

雲朵：難道你不這麼想嗎？

祁睿峰：沒有，工作和偶像相比，當然是偶像更重要一些。

雲朵：-_-|||十分清新脫俗的價值觀。

祁睿峰：那妳到底來不來送行？

雲朵：去啊，我都是你的忠實粉絲了，怎麼可能不去，為了偶像就算被炒魷魚也要去！

祁睿峰：很好，這才是我的粉絲。

雲朵心想，這他媽是邪教吧……

※　※　※

六月六號，雲朵如約來到了機場。為了透出自己腦殘粉的氣質，她做了一塊手牌，寫著「祁睿峰千秋萬代一統江湖」，這塊手牌像一個炮塔，不僅體積龐大，而且內容霸氣，她在機場亮出來時，一下子吸引了很多人的目光。那一瞬間，雲朵覺得自己簡直是腦殘粉中的戰鬥機，像邪教領袖一般的存在。

祁睿峰沒說錯，來送行的粉絲果然很多。不過在眾多的峰粉中零零散散地夾雜著一些「白粉」，這個充滿犯罪感的稱謂正是唐一白的粉絲替自己加上的暱稱，不知道他們到底在想什麼。據資深白粉陳思琪表示，他們粉絲在網路上聊天打屁時，曾多次遭到網站的特別監控，不知道是真是假。

雲朵犯了職業病，在主角未到場時，隨機採訪了這兩個粉絲群體。問峰粉為什麼喜歡祁睿峰，粉絲答「因為他蠢」、「他中二」、「我抖M啊」……雲朵悄悄抹汗，又採訪白粉，粉絲答「帥」、「帥」、「帥」……

由此雲朵得出一個驚人的結論：唐一白只是靠臉在吸粉，而真正用性格征服粉絲的，是祁睿峰。

天啊……

等了沒多久，正主登場了。鮮花、掌聲、尖叫、舞動的手牌，這些是必須的。雲朵的手牌最霸氣，所以她最先吸引了祁睿峰的目光。

唐一白和祁睿峰並肩走著，自然也看到了她。

他看到她舉著「祁睿峰千秋萬代一統江湖」的手牌，祁睿峰、祁睿峰、祁睿峰……這三個字實在刺眼。

兩人走到雲朵面前時停下來，祁睿峰滿意地點頭，「幹得不錯。」

雲朵把手牌擋在身前，遮住半張臉。她沒有理祁睿峰，而是偷偷去瞟唐一白。他還是那麼英姿挺拔，面容俊美。

周圍的粉絲很激動，擠得她左搖右晃的，周遭的聲音嘈雜，然而她還是很清晰地聽到了自己的心跳。

怦通，怦通……

嗚嗚嗚，才多久沒見面，別這麼痴漢啊……

唐一白也在看她，目光有點幽怨。像是幽靜湖面上突然響起的簫聲，淺淺的痴纏，深深的控訴。

雲朵保持著遮臉的姿勢，朝他打了個招呼：「嗨。」

「為什麼沒有我的？」他終究忍不住問道。

雲朵輕輕偏頭，「啊？」

他指了指手牌上祁睿峰的名字。

「咳咳咳，」雲朵有些不好意思，解釋道：「我以為你喜歡低調。」當然主要原因不是這個，她才不會告訴他，她就是因為心虛才沒有做他的手牌。

不少粉絲一直擠著想要他們簽名，本來是祁睿峰一直被圍堵，然後白粉們終於擠上前，紛紛要唐一白簽名。

「這裡這裡，」一個熱情的粉絲指著本子對唐一白說：「麻煩你簽在祁睿峰的上面。」

這是什麼奇怪要求？唐一白有些困惑。然而，特意把名字簽在別人上面，感覺像是要壓別人一頭？唐一白是不會對祁睿峰做這種事的，於是很穩妥地只簽在他名字的旁邊。

雲朵笑道：「幸虧你沒聽她的。」

「怎麼？」

她但笑不語。有些事情是不能說出口的，比如你的名字在祁睿峰的上面，那就成了白睿CP粉的護身符……

唐一白看雲朵只是笑著，方才壓下去的煩躁又升上心頭。他搖搖頭，朝她伸手，「手給我。」

「？？？」大庭廣眾之下，這樣子不好吧……

見到雲朵在發呆，唐一白自顧自拉起她的手。

游泳運動員的手掌都偏大，她柔軟的小手放在他寬大的手心上，像池塘裡停靠的一隻小船。她低下頭，臉上禁不住升起一陣熱燥。

唐一白在她的手心上簽了自己的名字，簽完之後說：「記住，我喜歡高調。」

雲朵愣愣地看著他轉身離去的背影。那背影消失後，她攤開手掌，看著掌心那黑色端方的三個字，自言自語道：「難道這暗示著妳逃不出我的手掌心？」

※　※　※

祁睿峰登機之後，還在念叨雲朵，可見「千秋萬代一統江湖」八個字是多麼深得他心。他問唐一白：「你說雲朵會不會暗戀我？」

「不可能。」唐一白斬釘截鐵地搖頭，語氣也像鐵一樣，又冷又硬。

祁睿峰卻不這樣認為，「為什麼不可能？她可是我的粉絲，粉絲暗戀偶像有什麼不可能的？」

唐一白面無表情地解釋：「你比她高三十幾公分，如果她想要親你，跳起來都親不到。所以你們之間是不可能的。」

真是以理服人啊，祁睿峰深以為然地點頭，「也對，那就不用拒絕她了……袁師太要我現在不要談戀愛。」

袁師太不允許祁睿峰談戀愛，這件事唐一白也知道，原因無非是怕他分心，影響比賽成績。事實上，許多教練都或明或暗地不允許手底下正在表現成績的運動員談戀愛，運動員的黃金職業期太短暫了，女朋友嘛，三十歲再找都來得及，但金牌錯過了就是一輩子。雖然祁睿峰已經有一塊奧運金牌了，但是誰會嫌金牌多呢？況且，就目前國內的體制和輿論而言，金牌往往不只是運動員一個人的事，而是關乎一大群人的付出和期待。

再扯上祁睿峰的情商與智商，他談戀愛說不定會談到驚天地泣鬼神，於是袁師太向他下了嚴格禁令。

和這些殘忍、滅絕人性的教練一比，伍勇伍教練就顯得有些另類，畢竟他經常關心唐一白的感情生活，動不動就問「這個是不是你女朋友？」、「那個是不是你女朋友？」、「少年你竟然還沒談戀愛」這類沒營養的問題。

其實，這些問題的背後隱藏著伍教練深沉的擔憂。

職業運動員是一個年輕的群體，也是一個躁動的群體，他們沒時間談戀愛，不代表他們不想談戀愛，畢竟他們的雄性荷爾蒙從來沒短缺過，甚至比一般人還多。比如祁睿峰十七歲就被女粉絲誘拐去開房（後來被教練解救了），比如明天那小子年紀輕輕的，已經學會了跟水上芭蕾隊的小女孩們油嘴滑舌等等。所以說，一個蠢蠢欲動的運動員，或許才是一個正常的運動員。

然而唐一白不是這樣。無論看臉還是看身材，唐一白都是整個游泳隊最具觀賞價值的運動員，沒有之一。他是游泳隊的隊草，由於女隊那邊一直選不出隊花，唐一白也兼任了游泳隊的隊花。這麼一個帥哥，性格又特別好，情商也高，所以即使是他沉寂的那三年，追他的女孩也是前赴後繼，排著隊像是等待下餃子一樣。連食堂的盛飯小妹都喜歡他，以至於炒菜小弟每次看到他都苦大仇深的。就是這樣一個人，他卻從來不近女色、無慾無求，過著像老和尚一樣的生活。

「不近女色」在以前是多麼有境界的一個詞彙，然而在腐文化盛行的今天，這個詞看起來就有點可怕了，伍總的腦洞難免開得有點大。退一步講，就算唐一白他不腐，可是一直這樣壓抑人性，也容易成為變態吧……

伍總不願意看到唐一白成為變態。

所以看到唐一白終於願意和小女孩搞搞曖昧了，他老人家特別特別欣慰。

※　※　※

六月的布里斯本還是冬季，不過氣溫並沒有很低，大概相當於北京的秋天。海水的溫度二十度上下，已經不適合下水，所以唐一白他們的訓練都在室內。雖然一下子跨越了半個地球，不過訓練生活倒沒有太大變化，同樣地累而枯燥。運動員的成績都是汗水堆出來的，儘管每一個運動員都有這種清晰的認知，然而疲憊與思想覺悟無關，它是身體的本能反應。雲朵他們這些記者，都只是從數字感受身為運動員的不易。

他每天最保守估計要游一萬兩千公尺，這還只是水上訓練，不包括陸地上那些五花八門的身體訓練。然而，如果不親身感受一次，一般人很難體會那種累到昏天黑地，累到刻骨銘心的疲憊。

如此枯燥又疲憊的生活，必然需要一點精神調劑品。所以沒過多久，唐一白和祁睿峰這兩個亞洲小夥子就成了游泳俱樂部女隊員們的調劑品。亞洲人的肌肉沒有歐美人那麼厚實，儘管是唐一白這樣的職業運動員，也比歐美職業運動員更顯瘦削，但亞洲人的身體線條更精緻漂亮一些。也不知她們是貪圖新鮮，還是花美男的審美風已經波及到了歐美體育圈，有空的時候幾個女孩就喜歡往唐一白身邊湊，在路上打個招呼也拋媚眼，還有一個大膽的女孩晚上訓練完就去敲唐一白的宿舍門。

唐一白簡直無語，老子都累成狗了，誰還想理她們！

這天吃午飯時兩人剛坐下，又被女孩們圍觀了。金髮美女安潔莉娜坐在唐一白身邊，托著下巴朝他拋媚眼，問唐一白：「唐，我的頭髮好看嗎？」

知道唐一白他們英語水準不太好，所以她特別體貼地放慢了語速，問完這句，她又說：「你們中國的女孩子沒有金髮吧？」

唐一白緩緩答道：「我喜歡黑色頭髮，不算很長，特別柔軟，像瀑布一樣……」他突然笑起來，眉目低垂而溫柔，笑容和煦溫暖，像此刻海邊的陽光。

安潔莉娜愣愣地看著他的笑容，「你真好看。」

就在這時，一片陰影突然遮住了他們。唐一白奇怪地抬頭，看到是貝亞特。

貝亞特，英國人，十九歲，主遊項目是短距離自由式，今年一百公尺最好成績是47秒80。他來澳洲外訓是慕名師而來，這個俱樂部的法蘭克教練在指導短距離自由式方面很有心得，曾經培養過兩個世界冠軍。貝亞特相信自己將成為第三個。

然而來了之後他發現，法蘭克教練似乎更喜歡那個叫唐一白的中國人，總是誇他。不只教練喜歡他，連女孩們都喜歡他，簡直豈有此理，那個人瘦得像一隻羊，憑什麼都喜歡他！

此刻，貝亞特居高臨下地看著唐一白，眼神充滿了蔑視。

唐一白在他蔑視的目光中低頭默默吃飯。

貝亞特有些尷尬，大聲說道：「唐，我要向你挑戰。」

「嗯？」唐一白抬起頭看他，「什麼意思？」

「我們來進行一場比賽，今天下午怎麼樣？」

「我下午還要訓練。」

「你不敢嗎？」

唐一白輕輕搖了搖頭，「你去問法蘭克教練吧，他答應之後我才能答應。」

「哼，難怪法蘭克教練喜歡你，做他的應聲蟲很好吧？」

唐一白不再理會他，低頭繼續吃飯。祁睿峰就坐在他對面，雖然沒聽懂那個貝亞特在說什麼，但是從表情來看也不是什麼好話，於是他光榮地肩負起怒瞪貝亞特的工作。為了彰顯氣勢，他站起了身。他比貝亞特還要高大一些。

貝亞特丟下一句「等著輸到哭著回家吧」，然後揚長而去。

吃過午飯，祁睿峰打電話給袁師太彙報情況，唐一白則獨自去海邊散步，背對著大海自拍了一張照片傳給雲朵。本來想傳文字訊息，但是他突然特別想聽一聽她的聲音，於是刪掉文字，改傳語音訊息。

唐一白：「在做什麼？」

隔了一小會兒，雲朵的訊息便回覆過來，也是語音：『哈哈，唐一白，你拍照的技術好爛！』

唐一白聽得面露疑雲，不是因為這句話，而是因為，這句話的背景音似乎有個男人在說話。他把這段訊息來來回回播放了好幾遍，最終確定：確實有個男人在說話，但聽不清楚在說什麼。

他心想，她此刻應該正在公司，有同事說話很正常。雖然這樣想，他還是有些煩躁，便又問了一遍：「在做什麼？」

雲朵：『看夕陽。』

看夕陽？他和她的時差只有兩個小時，她去哪裡看夕陽？唐一白更覺得不對勁，問道：「哪裡的夕陽？」

雲朵同樣傳了張自拍。背景是一片海岸，暮色沉沉的，夕陽已經落下去了，海岸邊的房屋都亮起燈火，她對著鏡頭笑得很燦爛，然而她身後是一個男人側坐的身影，臉被她擋住，看不到。

唐一白心口緊了緊，說不出的鬱悶。

雲朵又傳了語音訊息：『是愛琴海。』

愛琴海，她和一個男人去了愛琴海！他們坐在海邊聊天看夕陽，她在和別人做這麼浪漫的事！唐一白咬了咬牙，雖然知道自己這麼想很沒道理，雲朵有她的自由，她想跟誰看海就跟誰看海，可是他依然很不高興。他差一點質問她那個男人是誰，不過及時地控制住，採取了迂迴戰術。

唐一白：「一個人去的？」

雲朵：『不是，和我小弟一起。他非要吃希臘烤羊肉。』

小弟？雲朵不只一次提過這個人。唐一白腦中浮現一個單薄而蒼白的身影，這麼弱的男人怎麼配得上她！

咬了咬牙，唐一白酸溜溜地說：「還挺浪漫的。」

雲朵：『一般啦，如果他沒那麼聒噪就更好了。』

唐一白還想多套一點資訊，這時有個隊員來叫他：「唐，法蘭克教練找你。」

他只好匆匆說了再見。

雲朵聽到唐一白要去找教練，便放下手機。身邊的林梓特別有眼力，見她不聊天了，他遞一小瓶優酪乳給她：「嚐嚐這個優酪乳，希臘特產，大蒜味的。」

大蒜也能做優酪乳嗎？雲朵十分好奇，接過來打開喝了一口，然後她快哭了：「這是什麼鬼啊！！！」

林梓咬著吸管低頭，一臉壞笑。

雲朵怒問：「你那是什麼口味的？」

「小麥草。」

「沒收！」

林梓倒也不反抗，直接把他喝了一半的優酪乳遞過來。雲朵接過，低頭看一眼他用過的吸管，再抬頭，看到他正似笑非笑地盯著她。

暗淡的天光下，她沒有捕捉到他眼中那忸忸怩怩的期待。

雲朵才不會吃他的口水，她直接抽出吸管扔掉，撕開錫箔紙，對著瓶口喝。

一邊喝著優酪乳，雲朵問道：「你為什麼一定要來希臘？就為了吃烤羊肉嗎？」

林梓看著暗沉夜幕下深藍色的海面，答道：「我答應過我妹妹，要帶她來看愛琴海。」

雲朵頓住，側頭探究地望著他。他臉上表情淡淡，看不出是懷戀還是悲傷，她小心翼翼地問道：「你，是不是把我當成你妹妹啦？我們長得很像嗎？」

林梓扭頭認真地端詳她的臉，看了一會兒答道：「不像，我妹妹比妳漂亮多了。」

雲朵撇了撇嘴，「我不信，無圖無真相。」

林梓摸出手機，翻出一張圖片給她看，「真相。」

雲朵一看到那照片的主角，便「哇」地驚嘆出聲。確實是個大美女，五官立體，膚白勝雪，眼帶秋波，此刻正笑望著鏡頭。她自拍的角度是平視，和現在網路上流行的那種自上而下的拍攝不一樣，這種清新自然的拍攝角度最能呈現一個人真實的五官。可惜她自拍只能拍到上半身，不能看到完全的身材。不過想也知道，這樣的美女身材一定很棒。

拍攝的場景是室外，因為鏡頭容量太小，所以看不出具體地點，她身後有兩三個人。雲朵仔細端詳這張圖片，突然指著其中一個背影說：「這個後腦勺好像唐一白喔，哈哈。」

※　※　※

唐一白找到法蘭克教練時，法蘭克教練說：「唐，你下午可以和貝亞特比賽，我會幫你加油。」

唐一白淡淡地點頭，「好，謝謝。」

法蘭克教練從不掩飾對他的偏愛，此刻見他神色寥落，法蘭克教練有些疑惑。和唐一白接觸的這幾天，法蘭克教練認為這個年輕人的心態很好，絕不會因對手的強大而擔憂沮喪。

可能是因為運動員們的娛樂生活實在有限，唐一白和貝亞特的友誼賽驚動了大半個俱樂部，許多人跑來圍觀，女孩們分成兩部分，一群替貝亞特加油助威，另一群站在唐一白這邊。如果單看個人的最佳成績，貝亞特領先一籌，但這個領先幅度只有不到零點一秒，並不能說明問題。況且，來自東方的男人總是帶著一股神祕感，女孩們也喜歡他，法蘭克教練也喜歡他……種種與比賽本身沒什麼關係的事情結合起來，使得唐一白的支持率竟然和貝亞特持平。

祁睿峰領著一群人在唐一白身後喊他的名字：「唐一白！唐一白！唐一白！」也只有多年的基友唐一白才能勞動祁睿峰的大駕，親自當啦啦隊長。他身邊的女孩們跟著喊，很快學會了唐一白名字的全稱。後來其中不少人回憶起，他們學會的第一句中文不是「你好」不是「謝謝」，而是「唐一白」。

唐一白站在出發臺上，看著泳池中波動的水面，深吸幾口氣，收拾起亂糟糟的心情。嗯，要比賽了。雖然是一場無關緊要的比賽。

比賽槍聲一響，兩人都以讓常人感到驚嘆的反應迅速入水。唐一白入水後並沒有感受到以前比賽時的緊張感和劇烈的心跳，他的情緒有些淩亂，無論如何也收不回來。

法蘭克教練站在祁睿峰身邊，搖頭嘆了口氣，對祁睿峰說，「唐的狀態不好，他的出發應該比貝亞特更快。」

祁睿峰：「？？？」

法蘭克教練：「……」

兩人大眼瞪小眼地瞪了一會兒，祁睿峰最後朝法蘭克教練微笑著點點頭，然後繼續：「唐一白！唐一白！唐一白！」

法蘭克教練表示傻眼。

其實國家隊幫祁睿峰他們請了一個當地的翻譯，只不過這位翻譯現在不在場。本來法蘭克教練很想頭頭是道地和祁睿峰這個世界冠軍一起分析一下，現在也只能在一旁孤獨寂寞了。

正如法蘭克教練所料，唐一白確實狀態不夠好，最終貝亞特大幅領先贏得比賽，成績47秒82，差一點刷新自己今年的最好成績。但唐一白只游出了48秒30，和他目前的正常水準相差有點大。

祁睿峰把他從水中拉起來。

上岸後，唐一白抹了一把臉，臉色有些陰鬱。貝亞特走過來，作為一個勝利者，看到唐一白的鬱悶臉，他心裡那個得意，剛想開嘲諷，唐一白卻向他伸出了右手。

貝亞特愣住了。

唐一白有些不耐，主動握了一下他的手，「祝賀你，你的表現很出色。」接著不等他的反應，轉身離去。

很基本的競技禮節，唐一白做這些都不用腦子，這樣簡單的行為卻為他贏來了掌聲。

祁睿峰跟上去，有些擔憂地問他：「你沒事吧？勝敗乃兵家常事，不要太在意。」

祁睿峰長這麼大，能說出的文言文一個巴掌能數出來，「勝敗乃兵家常事」就是其中之一，他把這句話祭出來安慰別人時，幾乎可以說是這位天才最高規格的關懷了。

唐一白搖了搖頭。他在意的不是輸贏，只是……他心情實在不好。

法蘭克教練交代了訓練任務，然後叫住唐一白，「唐，我們聊一聊。」

「嗯。」

唐一白的英語聽說水準也是半吊子，一兩句簡單的還行，多了就需要放慢語速，偶爾還得借助辭典。反正手機裡裝著這個軟體也算方便。

法蘭克教練說：「唐，你是一個很有天分的運動員，但是這段時間以來，你的訓練不太穩定。你知道為什麼嗎？」

「為什麼？」

「你不夠專注。」

唐一白沉默不語。

法蘭克教練繼續說：「你應該比我更清楚，運動員需要投入百分之百的注意力，不該有一絲一毫的懈怠。然而你不夠專注，我很想知道為什麼。」

有些話對好朋友說不出口，對父母說不出口，對親密的老教練也說不出口，但對上這個認識不到一個月的教練，唐一白倒是毫無壓力地說了，「我喜歡一個女孩子。」

法蘭克教練笑了，「是安潔莉娜嗎？」

「不是，是一個中國女孩子，我們認識八個月了，可是，」唐一白神色黯淡，「她卻和別的男人去愛琴海看夕陽。」

「你為此難過嗎？」

他點了點頭。

法蘭克教練搖頭道：「孩子，你還不明白你真正的麻煩是什麼……你打算和她約會嗎？」

唐一白抿了抿嘴，「我不知道她會不會接受。」

「唐，我聽說你們中國的教練不允許運動員談戀愛。」

「是的，擔心影響訓練。教練，你也打算這麼做嗎？」

法蘭克教練笑著搖了搖頭，棕色的短髮隨之輕輕晃動。他的眼睛是淺藍色的，像海一樣深邃，透著睿智的光芒。

他說：「我不會干涉別人的私事，但是我有一點忠告。如果你只是想做一個普通的運動員，那麼你可以盡情地追求所愛。然而如果你想要成為一個偉大、成就非凡的運動員，唐，我的看法和你們中國的教練是一樣的，你需要做到絕對的心無旁騖。談戀愛會分散你的注意力，使你無法保證百分之百的專注。我知道你雄心勃勃，你想當世界冠軍，我認為在你成為世界冠軍之前，正確的做法是先把心上人放一邊。」

唐一白垂著眼眸，沒有說話。

法蘭克教練拍了拍他的肩膀，「知道嗎？你就像是為水而生之人。雖然你的身體比例並不完美，但是你的水感很好，你在水中就像是一個精靈。而且你很聰明，你比他們，」他指了指不遠處泳池中的幾個運動員，「你比他們加起來都聰明。你知道這有多麼難得嗎？你還有很出色的心理調節能力……唐，我曾帶出兩個世界冠軍，我相信，你將成為第三個。」

唐一白的眉角微微動了一下，他看著法蘭克教練，眼底湧起了淺淺的波瀾。

※　※　※

月初，大半個中國都進入了火爐模式，不同的是有的地方是烤，有的地方是蒸。B市已經持續了好幾天的三溫暖天氣，許多人躲在冷氣房裡，在室外幾乎只要一動就是一身汗。

雲朵請了一天假，專門去機場迎接外訓歸來的唐一白。至於祁睿峰，那是買一送一。

她這邊其實也買一送一了——她的小弟林梓非要跟去。

考慮到唐一白也喜歡高調，雲朵帶了兩個手牌，正好一人舉一個。林梓就舉兩個月前她做的那個「祁睿峰千秋萬代一統江湖」，雲朵又自己做了更大的，寫著「浪裡白條，誰與爭鋒」八個大字。本來林梓建議寫「浪裡白條，天下第一」的，雲朵對他的語文水準相當有自信，所以堅決不採用。

她今天穿了湖藍色的及膝長裙，布料輕盈，襯得她肌膚勝雪，氣質靈動。頭髮鬆鬆地挽起來，露出額頭，似乎更顯成熟一些……這一身打扮連林梓都說好看，所以她覺得很滿意。

掐指一算，兩個月沒見唐一白了呢。網路使人距離縮減，她經常和他聊天，可是他後來漸漸忙起來，話變少了。不管怎麼說，在手機上敲打一萬字，也無法取代當面說的一句話。

雲朵和林梓兩個俊男美女站在機場裡，十分抓人眼球，還有人以為他們是明星，來求簽名。林梓一律來者不拒，都簽了自己的大名，雲朵沒他那麼厚臉皮，笑著跟人解釋他們不是明星。

在機場等了一會兒，雲朵覺得不對勁，「怎麼今天的粉絲這麼少？」

林梓答道：「妳真是太含蓄了，這裡只有我們兩個粉絲。」

「奇怪，其他人呢？」

「我猜他們的行程應該沒有公開，所以粉絲是不知道的。」

「啊……」

兩人傻呼呼地站在一起舉著巨大的手牌，像大海中的一座孤島。擠在一群人中扮腦殘粉還好，如果只有兩個人，怎麼看怎麼另類。雲朵趕緊把手牌收起來，低調地等待。

唐一白一出來就看到了雲朵。她穿著漂亮的連身裙，挽著頭髮，顯得亭亭玉立，像是湖面上一支盛開的藍色荷花。他怔怔地看著她，目光像是黏在了她身上。不自覺地，他心跳突然加快了幾分。

祁睿峰碰了碰唐一白的手臂，「嘿，那不是雲朵嗎？」

唐一白沒說話，邁開長腿朝雲朵走過去。

雲朵笑嘻嘻地張手朝他們搖了搖，「嗨！」

多日不見，唐一白的膚色果然曬黑了一些，不過也不至於成為唐一黑。他現在的膚色比小麥色稍微深一些，顯得五官線條很立體，或許是膚色的襯托，一雙眼睛更亮了。

唐一白的嘴唇動了動，卻只叫了她的名字，「雲朵。」

祁睿峰點點頭，獎勵性地看雲朵一眼，「看來妳對我還算忠心。」

兩人都無視掉了林梓。唐一白無視他是不想理他，祁睿峰無視他是覺得林梓既然是雲朵的小跟班，而雲朵是他的忠粉，那麼林梓在他看來就是不值一提的角色。

唐一白靜靜地看著雲朵，她今天真的很漂亮。連身裙的圓領開得不大不小，緊貼著雪白的肌膚，露出精緻的鎖骨。劉海梳上去，露出光潔的額頭，髮際依然有些細碎而無法梳攏的頭髮，俏皮地貼在額角上。他的視線在她臉上輕輕描畫，目光甚至有些貪婪。然而，當她和祁睿峰說完話看向他時，他卻急忙垂下眼睛，掩住視線。

他的心底突然湧起濃濃的失落，像霧霾一樣頑固。

「走吧。」唐一白說著，拉著行李箱先離開，沒再看雲朵一眼。

雲朵有些不知所措，站在原地愣怔地看著他的背影自言自語道：「是因為我打扮得不夠樸素嗎……」她真傻，怎麼會忘記最關鍵的一點呢！

她忠誠的小弟站在她身邊，聽到了她的自言自語，他說道：「不是。」

雲朵精神一振，望著他，等待他合理的解釋。

他說，「是因為他不喜歡你。」

她站在原地，看著唐一白堅定又決然的背影，心中有點小小的辛酸。祁睿峰不明所以，見唐一白走得那麼急也跟了上去，走之前還對雲朵說：「快點。」

才不要！

雲朵賭氣般地一步不動，盯著他們的身影氣鼓鼓地道：「就算不喜歡我也不用這樣嘛，辛辛苦苦來接你，連謝謝都不說一聲！很了不起嗎？我的偶像是祁睿峰，又不是你！」說著說著，她真的有點氣，於是問林梓，「你說是不是！」

林梓特別給她面子，猛點頭，「就是啊！」看著她氣鼓鼓的腮幫子，他眼睛中竟染上了一絲不易察覺的笑意。他說：「老大，我們去吃哈根達斯吧？」

雲朵無奈地瞪他一眼，「就只知道吃！」一點都不理解我的憂傷！

兩人最後還是去吃了哈根達斯。一般情況下，雲朵這樣的窮人吃哈根達斯的第一步就是查一下有沒有團購優惠之類的，當林梓看到她又打開了團購軟體時，他決定反抗一下。因為根據以往的經驗教訓，團購能買到的東西都不是流行的最新款。他輕輕按了一下她的手腕，

「我請。」

「總不能每次都讓你請。」雲朵不以為然，固執地搜尋團購。

「雲朵，」林梓的聲音突然變得鄭重起來，「我可以每次都請，只要妳願意。」

「嗯？」雲朵奇怪地抬頭看他，對上他平靜無波的狹長眸子時，她問道：「為什麼？」

「因為妳窮。」

「……」有理有據，無法反駁！

※　※　※

祁睿峰追上唐一白時，對他抱怨道：「你走那麼快幹嘛？雲朵的小短腿追不上我們。」

唐一白的腳步頓住，回頭望向她，他卻只看到她的背影。她和她那個奇怪的跟班並肩走著，背影越來越小。

祁睿峰不解地道：「她不是來接我們的？」

唐一白呆呆地望著她的背影，沉默不言。

她生氣了嗎？

他心中突然難過起來，像是堵著一塊東西，沉重煩悶而無法排解。他有股衝動，很想追上去，牽起她的手，逗她笑，把她領回家……他的腳步真的動了。

然而也只是邁出一步，他驟然停了下來。低頭看著腳邊的黑色行李箱，神色有些頹然。

自己做出的選擇，總要堅持下去。

唐一白嘆了口氣，「走吧。」

「去哪裡？」

「回隊裡。」

兩人叫了一輛車。在車上，唐一白一直望著車窗外，祁睿峰那麼粗神經的人都感覺到他的情緒有異，便問他：「你怎麼一下飛機就沒精神了？」

「沒事，只是有點累。」

「喔，那你可以睡一下。」祁睿峰便不再說話，自顧自地玩手機。玩了一會兒，他忘記自己剛才讓唐一白休息，輕輕推了一下唐一白的肩膀，「嘿，原來雲朵去吃冰淇淋了！」

唐一白扭頭看向祁睿峰的手機螢幕。祁睿峰正在和雲朵聊天，剛才雲朵傳了一張冰淇淋的照片給他。

很漂亮的冰淇淋。

唐一白卻別開眼睛不再細看，乾脆閉目養神。

祁睿峰又說：「我才不愛吃甜食呢，一會兒把這個冰淇淋傳給明天，饞死他，哈哈！

唉，如果雲朵非要請我吃，我還是可以給她面子嚐一口的……」

唐一白覺得他有點聒噪。

祁睿峰卻還在喋喋不休，「我還以為她是來接我們的，沒想到跑這麼遠只是為了吃冰淇淋。你說她也真是的，明明看到我們了，為什麼不客氣一下呢？大不了我請客……」

唐一白不耐煩地打斷他，說：「你不就是想吃冰淇淋嗎？扯這麼多廢話，男人愛吃冰淇淋丟不丟臉。」

祁睿峰別開臉，「誰愛吃那個東西！」

「那就閉嘴。」

祁睿峰有些不高興，「喂，你到底是怎麼回事！」

「抱歉，」唐一白搖了搖頭，長長地吐一口氣，抬手輕輕按了按眉心，緩緩睜開眼睛說道：「峰哥，我想回家一趟。」

「嗯？」這回輪到祁睿峰跟不上唐一白的思路了，他疑惑地道：「為什麼？」

「不為什麼，很久沒見爸媽了，想回去看看。」

「你不是說先去找教練嗎？」

唐一白沒再解釋，只是說道：「你先自己回隊裡吧，我再叫一輛車……司機，麻煩您在前面停一下，我下車。」

「等一下。」祁睿峰卻攔著。

「怎麼了？」

「嗯，我很久沒去你家玩了……」

※　※　※

雲朵吃完冰淇淋，心情稍微好了那麼一點點。她和林梓搭計程車回到市區，兩人都有點無聊，便去商場逛了逛。商場的一樓有好多名錶店，林梓隨便選了一款腕錶戴在手腕上，舉手問雲朵，「好看嗎？」

「好看。」

林梓點點頭，「好，買了。」

走到另一家店，他又試了一款，問雲朵好不好看，雲朵正在低頭看著專櫃，漫不經心地看他一眼，「好看。」

「好，包起來。」

雲朵的眼皮跳了跳。想想那兩隻錶的價格，她都跟著心疼。接下來她學聰明了，林梓再問她好不好看，她都只說「一般」。

林梓果然沒再買手錶。

兩人逛進一家首飾店，雲朵看到一款漂亮的藍寶石鑲鑽吊墜，頓時挪不動腳了。櫃姊微笑著說：「喜歡可以試戴一下，這款很凸顯氣質。」

以雲朵目前的經濟能力，把自己賣了也不夠買這個吊墜，不過試試又不花錢。櫃姊幫她戴好之後，她在鏡子前左看右看，越看越捨不得摘下來。

櫃姊笑道：「小姐，您戴這個藍寶石很漂亮，顏色也和您的衣服特別配。這款吊墜賣掉好幾個，在您身上的效果是最棒的。」

林梓側臉看著雲朵，目光柔和，「喜歡嗎？」

嗚嗚嗚，好喜歡！

然而再喜歡也得還給人家……雲朵讓小姐幫她摘下來，她輕輕鼓了一下腮，「不、不太喜歡呢。」

林梓卻知道她在說謊，他說道：「我看很漂亮，我買給妳可以嗎？」

雲朵扯了扯嘴角，「不要，感覺像是要被你包養了。」

他搖搖頭，「還有兩個月是妳生日，我提前送妳生日禮物不行嗎？」

「不行，太貴。」

雲朵接下來也沒什麼逛街的興致了，兩人在商場外分開。目送著雲朵走進地鐵，林梓轉身去了商場。

他回去買下了那件吊墜。

下了地鐵還要步行十分鐘左右，雲朵走了一會兒就出了一頭汗。她看到路邊有飲料店，便買了一杯鮮榨西瓜汁。在等西瓜汁時，她隨意地翻著價目表，突然問道：「你們這裡還有鮮榨石榴汁？」

「有的。」

「喔，那給我來杯石榴汁吧。」

「小妹，妳的西瓜汁已經在榨了喔。」

「啊？」雲朵只猶豫了一秒鐘，「那再加一杯石榴汁吧。」買不起藍寶石，她還買不起果汁嗎？兩杯就兩杯，喝一杯算一杯，哼。

喝著石榴汁，雲朵想到了唐一白。那個秋天的校園裡，他和她開玩笑，咬著吸管壞笑的樣子清晰地浮現在她腦海裡。

心裡突然又酸又軟，像是委屈，又不太難過，轉瞬又變得悵然若失，像神經病一樣。

回到家時，雲朵一手握著石榴汁，無名指和小指併攏勾著放西瓜汁的塑膠提袋，空出另一隻手去開門。

她用鑰匙擰了擰，發現門並沒有鎖，於是疑惑地推門而入。

客廳沙發上並排坐著兩個人。這不是重點，重點是那兩人的姿勢……為什麼祁睿峰會趴在唐一白的肩頭？

不只如此，他的腦袋一個勁地擺動，一下子轉向電視機，一下子又立刻轉回去，肩膀也微微抖著，難道是在哭？

天啊，祁睿峰趴在唐一白肩頭哭，這是什麼節奏？

難道這才是唐一白不喜歡她的真相嗎……？

那一瞬間雲朵想得有點多，不過她很快就否定了這大膽的假設。唐一白肯定是直的嘛，筆直筆直的！

唐一白望向門口時，二白叼著她的拖鞋歡快地跑過來。雲朵換好拖鞋後，看到祁睿峰也恢復了正常。他靠在沙發上，朝雲朵點點頭，「妳回來了，」然後他又看了一眼電視，頓時咆哮，「靠！為什麼停在這裡！」

雲朵走進客廳，好奇地看向電視，畫面上是一個面目恐怖的鬼怪。

原來是在看恐怖片，難怪祁睿峰會那樣，原來是被嚇的。雲朵有點好笑，不可一世的祁睿峰會怕看恐怖片嗎？她說：「不要害怕，都是假的。」

祁睿峰不服氣道：「誰怕了。」

「說起來，情侶都是一起看恐怖片的。」

「不會吧？」

兩個男生都困惑地看著雲朵。

雲朵笑咪咪地道：「是啊，因為女孩子嚇到了，可以鑽進男孩的懷裡嘛，就像你剛才那樣。」

祁睿峰頓時起了一身雞皮疙瘩，「誰鑽進他懷裡了！」一邊說一邊趕緊離他遠遠的。

唐一白無奈地看著雲朵，眼底卻浮起淡淡的笑意。

雲朵假裝沒看到他，把西瓜汁遞給祁睿峰，「西瓜汁，請你。」

「謝謝，」祁睿峰接過來喝了一大口，清涼又甜蜜，口感相當不錯，喝完這一口，他有些奇怪，「沒有唐一白的嗎？」

唐一白抿了抿嘴，目光也帶了一絲期待。

雲朵卻對祁睿峰笑笑，「我的偶像只有一個。」

唐一白的神色暗了暗。

祁睿峰擺擺手，「妳不要說得這麼直接，唐一白以後也會成為世界冠軍的。」

「關我什麼事。」雲朵說完，放下東西去洗澡了。今天為了接唐一白跑了半個B市，身上出了一身汗，結果人家還不領情。

雲朵在浴室時，二白特別喜歡把腦袋探進去，無論她做什麼都要看一眼。當然，上廁所和洗澡時牠看不到，這個時候牠就會在外面撓門玩，像個變態色狼一樣。

祁睿峰看到那條哈士奇不停地撓浴室的門，便對唐一白說：「連狗都喜歡漂亮女孩。」

唐一白起身，拿起雲朵隨手放在茶几上的果汁，鼻子湊近吸管，輕輕嗅了幾下。酸酸甜甜的，帶著一種石榴特有的清香。這種味道他再熟悉不過了。

他突然笑了，唇角彎彎的，眉目生動而溫柔。

祁睿峰用爪子擋住眼睛不想看電視，自然沒有看到他的表情。祁睿峰說道：「我們不要看這個電影了，換一個，看柯南吧？」

「柯南你看不懂，看龍貓吧。」唐一白說完坐回來，手裡還握著那杯果汁。祁睿峰看到他若無其事地把吸管湊近，喝了一口。

祁睿峰看呆了，譴責道：「你怎麼能偷喝雲朵的西瓜汁？」

「這不是西瓜汁，這是石榴汁。你知道我最愛喝石榴汁了，我忍不住啊，這樣能怪我嗎？」他大言不慚，一臉無辜。

他的無恥感動了祁睿峰，於是祁睿峰也覺得唐一白忍不住是可以理解的。

雲朵洗完澡後換了棉布的短袖T恤和短褲，樸素得像個男孩子。她走進客廳時，看到電視螢幕的畫風已經變了，此刻正在播一部動畫，是她愛的宮崎駿。

她繞過沙發，看到唐一白正拿著她喝了一半的果汁一口一口地喝著，悠然自在。

「喂！」雲朵挺無語，與此同時臉龐有些熱意。畢竟，他在用她用過的吸管。

「嗯？」唐一白咬著吸管，含糊地應了一聲，同時抬頭看她。他的眼睛柔亮乾淨，像春水一樣動人，此時似笑非笑地看著她，目光帶著一些意味深長。

雲朵呼吸一滯，突然什麼話都說不出口了。

《龍貓》也沒看完。因為二白太喜歡龍貓了，牠一出現，二白就吐著舌頭趴上電視櫃，尾巴搖得特別蕩漾，牠還多次試圖舔螢幕。祁睿峰怕電死牠，就把電視關了。

「玩什麼呢？」祁睿峰有些苦惱，想了一下，眼睛一亮，「我們玩鬥地主吧？我很久沒玩了。」事實上他身為職業運動員，本身玩遊戲的機會本來就不多。

雲朵今天請假了，反正閒著也是閒著，於是欣然應允。

唐一白也沒有異議。

三人擺開位置。雲朵一人獨占長沙發，祁睿峰坐在一旁的單人沙發上，而唐一白搬了張椅子坐在茶几另一邊，與雲朵面對面。

雲朵俐落地洗牌，動作飛快，祁睿峰看得一陣驚嘆。茶几和沙發的距離有點遠，雲朵這樣的身長只能折著腰，她的T恤寬鬆，由於重力作用，布料垂下，領口便不再貼著鎖骨，而是形成一個月牙形的空隙。唐一白坐在她對面，這樣的角度剛好使他看到領口下乍洩的一點點春光。

「咳。」他有些赧然，心跳快了幾分。他移開視線，見祁睿峰還在為雲朵的洗牌技術折服，唐一白稍稍鬆了口氣，突然說：「我們坐在地毯上玩吧。」

祁睿峰問道：「為什麼？」

唐一白睜眼說瞎話，「一白也想看。」

他又拿了一條地毯，方形、淺灰色，毛料纖細柔軟，人的肌膚貼上去，觸感特別舒服。地毯放在茶几和電視之間，雲朵坐在上面，大腿併攏，兩條小腿歪向同側，唐一白視線一低，就能看到她線條優美的小腿和精緻的腳踝，以及淹沒在地毯絨毛裡的纖細腳掌。

他強迫自己撇開視線，過了一會兒，又忍不住看過來。

真是完了，為什麼現在無論看到她哪裡，都有種被蠱惑的感覺……

相比他的心猿意馬，雲朵和祁睿峰就專注多了。然而唐一白分心不代表他落下風，三把下來，他贏了三次。兩次是農民，一次是地主。

他在祁睿峰臉上貼上第三張紙條，然後拿起一張，要往雲朵臉上貼。

雲朵眼看著他靠近，有點怯意，頭忍不住向後躲，他卻突然按住她的肩膀說道：「別動。」聲音很輕卻極溫潤，像山岩裡悄悄滴下的清泉。

雲朵愣了。肩上的手很有力道地鉗制她，手掌熱燙，隔著一層衣料向她傳遞熱量。她睜大眼睛看著他欺近，他垂著眼睛，眸光溫和而認真，像是眼裡只剩下她一般。他抬起手，將紙條按在她臉上，然後為了貼得牢固一些，捧著她半張臉，食指貼在紙條沾膠的地方輕輕按了一下，鬆手時，拇指的指腹不經意地在她唇邊輕輕摩挲了一下，很輕很淡的力道，卻似乎留下了無比頑固的痕跡。

唐一白坐回去繼續洗牌，神色自然得很。

雲朵的內心卻開始咆哮：這位貼個紙條都貼出調情一般的高度了，要是真的縱情花叢，還有對手嗎？我為什麼會喜歡這樣的妖孽！這輩子還有泡到他的希望嗎！

「雲朵，快摸牌，這一把我們贏回來。」祁睿峰提醒愣怔的她。

「喔。」算了，還是鬥地主吧，不要想太多了……

第四把，唐一白果然又是地主。祁睿峰很幸運地出了十張的大順子，唐一白也沒輸。然而為了這個順子，祁睿峰把自己手上的牌拆得零零散散的，出完順子之後只能一張一張地出，很是可憐。

所以接下來又變成了唐一白和雲朵鬥法。雲朵到後來還剩三張二、一張四、一張K，而此時雙王已經下去一個了，她覺得自己贏面還可以。唐一白拿著五六張牌，笑咪咪地看著雲朵，「妳還剩什麼？」

雲朵有些囧，「哪有人像你這樣直接問的。」

「是不是三張二、一張四，還有個什麼，Q？」

「……」她嚇得眼睛都瞪大了。

祁睿峰看看唐一白再看看雲朵，問了問雲朵，「是嗎？」

雲朵面無表情，不要問這種尷尬的問題好不好！她鼓著腮幫子，「囉嗦什麼，快出牌。」

唐一白出了一對三，挑眉看著她，「管不管？」

雲朵心悶悶地拍出兩張二。用兩張二去壓兩張三，真的好奢侈啊……而且她剩下的牌一點戰鬥力都沒有了！但是如果不管的話，唐一白也只剩三張牌了……

現在雲朵手裡還有一張二、一張四、一張Q，她知道唐一白手裡有王，而他另外的牌裡只要有一張比Q大，她就輸了。當她還抱有一點僥倖心理時，唐一白卻直接晾開牌，「妳輸了。」

他還剩一張王、一張六、一張K。

祁睿峰問唐一白：「你怎麼知道雲朵有哪些牌？」

「算牌。」

祁睿峰還是不太相信，「你怎麼算得出來？我就不會算。」

唐一白答道：「我小時候得過奧數競賽的一等獎，其實我的數學還不錯。」

雲朵對他這種隱藏學霸的屬性簡直無語。身為一個運動員就好好地發揚四肢發達、頭腦簡單的風格不好嗎？非要跟我們書呆子搶風頭，無恥！

接下來又玩了幾圈，祁睿峰漸漸成為貼紙條的重災區，腦門、臉、鼻子、下巴都貼滿了，幸好留了眼睛給他。雖然被欺負成這樣，祁睿峰依然玩得很嗨，唐一白想推牌，他還不要。

突然有人敲門，祁睿峰離門口最近，所以起身去開門。雲朵默默地洗牌，突然聽到門外傳來一陣撕心裂肺的尖叫。

客廳裡的兩人急忙跑過去。雲朵看到門口一個穿著某物流公司背心的小哥，此刻正臉色慘白地靠著牆捂著胸口，地上散落了幾件快遞。

他驚魂未定地看著祁睿峰，「對、對不起，我以為是個怪物。」

雲朵看看祁睿峰，人高馬大還一臉白紙條，確實像個怪物。她忍不住哈哈大笑，目光翻飛，看到唐一白也在抿嘴笑，眉目生動如畫。像是感受到她的目光，他目光一轉，對上她的視線。

她心跳怦然，轉身回到客廳。

※　※　※

晚上，唐一白沒有等到爸爸媽媽回來。他打了通電話，才知道原來今天是爸媽相識二十五週年紀念日，出門約會了，不會太早回來，所以他們是不可能等到老爸回來做晚飯了。

他們在餐廳裡放了一個電磁爐，買了好多食材，回來自己煮火鍋吃。大熱天躲在冷氣房裡吃火鍋，那感覺豈止用一個爽字來形容。

吃過晚飯又吃了點水果，看了一會兒電視，然後唐一白就把祁睿峰轟走了。

祁睿峰本來還想蹭個覺的，他很妥協地說，「我可以睡沙發。」

唐一白搖頭，「我家的沙發裝不下你。」

「我可以忍。」

「我不能忍。」

是的，他不能忍受在夜幕降臨之後祁睿峰還待在這個房子裡，雖然峰哥以前也在他家留宿過，但以前雲朵還沒來，現在不一樣了。

尤其是雲朵和祁睿峰說的話明顯比和他說的多，這讓他怎麼大方得起來。

祁睿峰離開後，室內的氣氛突然變得有些微妙。雲朵坐在沙發上心不在焉地看著電視，這時唐一白走回來，坐在了她的旁邊。

雲朵目不斜視，注意力卻都在他身上。她的手指一下一下地輕輕摩挲著遙控器的邊緣，有些緊張。

兩人突然可以獨處了，唐一白竟也有些侷促。他的兩手規規矩矩地放在大腿上，側著頭看她的臉，「妳今天——」

一陣開門聲打斷了他的話。

唐一白扭頭望去，見到他的爸爸媽媽終於回來了，不過……回來得真不是時候……

唐爸爸沒注意到兒子的眼神有異，只說：「豆豆，我和你媽媽在外面看到小峰了，你怎麼沒留他下來過夜呢？」

「嗯，不方便。」唐一白含糊其詞。

路女士走過來，把手中一個小巧的紙袋放在雲朵面前，接著自己也坐下，對雲朵說：「一個香港朋友送的，我不用這個牌子，還沒拆封，妳不會嫌棄吧？」

「給、給我的？」雲朵有點受寵若驚。

路女士點了一下頭，算是回答。

雲朵拿起紙袋，看到裡面是一套化妝品，牌子她不太認識——她的化妝技能還沒覺醒呢。她感激地看著路女士，「謝謝阿姨！」

唐一白也瞥了一眼，見到是化妝品後笑道：「媽，雲朵還年輕，天生麗質，不用化妝。」

雲朵不解地看著唐一白，滿臉寫著「你死定了」。

真是的，怎麼可以在阿姨面前提年齡問題，況且還把我拎出來！不僅你死定了，你還要害死我嗎！

路女士瞇著眼睛看唐一白，唐一白彷彿聽到了他媽媽咬牙的聲音。於是趕緊起身逃跑，「我去洗澡！」

洗完澡後，唐一白一身濕氣地出來，發現雲朵已經不在客廳了，沙發上只坐著爸爸媽媽。他東張西望了一下，路女士像是背後長了眼睛，突然說：「別找了，她已經回房間了。」

唐一白若無其事地走過去坐在沙發上，見到白色陶瓷碗裡盛著洗好的葡萄，他捏了一顆扔進嘴裡，「不知道妳在說什麼。」

路女士斜了他一眼，似笑非笑的，「有了老婆忘了媽！」

「咳咳咳咳咳！」唐一白嚇得嗆到了，狂咳了半天。

唐爸爸說道：「豆豆，你們運動員不是應該心理素質都特別好嗎？看來你還要鍛鍊鍛鍊。」

唐一白輕輕撫了幾下胸口，順過這口氣之後，他不自在地垂著眼睛，「你們不要亂說。」

路女士卻自信地「呵呵」一笑，道：「這點事情我再看不出來，這雙眼睛可以挖掉餵狗了。」

唐爸爸說，「老婆，妳不要這麼血腥……話說妳是怎麼看出來的？」

路女士問：「為了討好小女孩，連親媽都得罪了，我們兒子幹過這種傻事嗎？」

唐爸爸果斷搖頭，「沒有！」

唐一白沉默不語。為什麼我的媽媽會像福爾摩斯一樣？心好累。

見兒子沉默了，唐爸爸問道：「你不會還沒和她表白吧？豆豆，你這樣就不如你爸爸我了。」

唐一白有些鬱悶，「我現在哪有時間談戀愛。」

路女士笑了，「男人在二十二歲的時候一沒錢、二沒權、三沒有事業，除了談戀愛還能幹嘛？」

「我有事業。爸、媽，我很喜歡游泳，我希望全心全意做到最好，有朝一日能站到奧運會的領獎臺上，你們真的不支持我嗎？」唐一白說著，更加鬱悶了。

唐爸爸趕緊安撫他，「我們永遠支持你！」

路女士卻敏銳地看到一個關鍵問題，「所以你打算為了游泳事業犧牲感情？」

唐一白低頭沒說話。

路女士靠在沙發上伸展了一下四肢，說道：「隨便你吧，只是到時候不要後悔。」

※　※　※

唐一白當天晚上沒睡好。一閉上眼睛總是看到雲朵，看到她穿著漂亮裙子問他喜不喜歡她。他想說喜歡，特別喜歡，可是他真的說不出口。做人不能太貪心，魚和熊掌不可兼得，他已經做好了選擇，那就只能堅持下去，無論如何都不能回頭。

競技體育是如此殘酷的職業，他的黃金時間僅剩這兩三年，錯過了就是一生。他已經失去過一次夢想了，後來好不容易找回來，怎麼忍心再次埋葬它呢？

如果，等他走過了職業生涯的巔峰時期後她還在原地，那麼他會義無反顧地追求她。但如果她已經……

後悔嗎？

曾經，他的字典裡沒有後悔，只有無怨無悔的堅持。他認為選擇並沒有對錯，選哪一個都是對的，所以不存在後悔一說。

可是真的不後悔嗎？這次？

不後悔的話，為什麼這麼急著回來？為什麼會為一杯石榴汁竊喜？為什麼總是情不自禁地去接近她？為什麼她一個眼神一個小動作，都能勾起他心口的微瀾？

他怎麼可能騙過自己呢……

然而無論如何，他已經做過一次選擇。

所以……以後不要接近她了吧。

想到這裡，心臟竟然莫名地疼起來，淺淺地抽痛。揮之不去的難過在安靜漆黑的夜裡，像纏綿的蠶絲一樣包裹著他。他翻了個身，半張臉埋在枕頭上，無聲地嘆息。

唐一白第二天就歸隊了，雲朵都沒看到他。她知道他很快就要進入亞運會的賽前集訓，下次回家要等亞運會之後了，連生日都要在國家隊裡過。

早上她和唐叔叔、路阿姨一起吃早餐，唐叔叔為兒子的離開小小地惆悵了一下，雲朵很理解他。畢竟兒子就在本市，才隔著幾十公里，結果卻總是一兩個月不見人影，哪個當爸媽的遇到這種事情不會鬱悶。

路阿姨的嘴上不說，心裡肯定也捨不得。

吃完早餐，雲朵去自己房間找了一本冊子，拿給他們。

自從成為報社的正式記者，雲朵就準備了一個超級大的筆記本，主要作用是貼自己發過的稿子。她負責的領域主要是水裡的那幾項，唐一白的出鏡率還算高，她把冊子裡關於唐一白的稿子都指給他們看。

唐爸爸和路媽媽頭靠著頭，從另一個角度看著自家兒子。

雲朵在一旁輕聲說：「唐一白在圈子裡風評非常好，記者們都很喜歡他。」

路女士撩起眼皮輕輕掃她一眼，「妳也喜歡？」

這句話正好戳中雲朵的心事，她輕咳一聲，答道：「我、我也很喜歡這樣的運動員。」

路女士點點頭，「本子先借給我們，過幾天再還妳。」

「好，儘管拿去。」

※　※　※

時間悄無聲息地滑到了八月底，距離亞運會越來越近。國家游泳隊要召開一次新聞發表會，公告一下隊員們的集訓情況及預計的參賽安排。列席的運動員都是知名度較高的，唐一白成績不俗，且又剛被國家隊送去澳洲外訓，可見其受重視程度，因此有一些媒體滿關注唐一白的狀態。

然而，他卻沒有出現在發表會現場。

來之前，祁睿峰還很奇怪地問他，「你為什麼不去發表會？是伍總不讓你去嗎？」

唐一白答道：「不是，我不想去。」

「為什麼不想去？你不想看到雲朵嗎？」

「不想。」

祁睿峰有些懵，「你不想看到她？是因為這個才不去發表會嗎？」

「嗯。」

唐一白不會告訴祁睿峰，他只是不敢面對她，每次看到她後他都不再冷靜理智，會情不自禁地靠近她，情感總在失控的邊緣。

既然如此，何必相見。

雖然他總是在想她。

祁睿峰懷著一肚子的疑問參加了發表會，發表會結束之後，雲朵單獨留下來找到他，問：「為什麼唐一白沒有來？」

「他不想看到妳。」

雲朵錯愕地看著祁睿峰，「真的？」

「嗯，」祁睿峰的表情有點不解，「妳做了什麼讓他不高興？」

雲朵有點委屈，「我不知道啊，我們好久沒見了，也不怎麼說話。」真是諷刺，她一直想來見他一面，他卻根本不想見到她。

她還帶了生日禮物給他……

雲朵越想越委屈，眼眶紅紅的。她從包包裡取出用淡紫色塑膠紙包裝的禮物盒，猶豫著這禮物還需不需要送。

祁睿峰看到塑膠紙上印滿了「Happy birthday」，問道：「這是生日禮物？是給唐一白的嗎？」

雲朵癟著嘴巴，不想回答這個問題。

「裡面是什麼？」祁睿峰問道。

「一副泳鏡。」莫名想到兩人初相見時他送她的那副，雲朵永遠記得他那個笑容。她選禮物時糾結了好半天，最後還是選了泳鏡。

祁睿峰若有所思，「是不是女孩子送男孩子禮物時，都喜歡送泳鏡？」

「嗯？」雲朵聽出別樣的意思來，「還有別人送過唐一白泳鏡嗎？」

「對啊。」祁睿峰說著，覺得反正大家都很熟了，於是把唐一白和水上芭蕾隊隊花的二三事說給雲朵聽。

雲朵聽完，簡直五臟俱傷。所以唐一白當初給她那副泳鏡，只是因為不知道該怎麼處理掉嗎？

哪怕只是來自陌生人的一點點好意，也比這個真相來得好吧……

她耷拉著腦袋，神色怔怔。

祁睿峰說：「這個生日禮物我幫妳拿給唐一白吧，看到禮物之後，你們就能和好了，他不是小氣的人。」

「不。」雲朵只覺得鼻子酸酸的，賭氣地撕開精美的包裝，把泳鏡掏出來，拿給祁睿峰，「送給你可以嗎？」

「嗯？這不好吧？」

「反正我現在不想送給唐一白了，你不要的話我就扔了。」

「別扔，浪費。給我就給我吧，妳身為粉絲，送東西給偶像也是合情合理。」祁睿峰說著，接過了那副泳鏡。

「嗯，不要告訴唐一白。」

「為什麼？」

「總之就是不要告訴他，也別對他說我問起了他。」

「好吧……」祁睿峰看著雲朵紅紅的眼睛，有點不放心地問：「妳是想哭嗎？」

「誰想哭了！」雲朵氣惱地轉身走了。

※　※　※

祁睿峰帶著泳鏡回去時，趕上吃午餐。他和好基友們坐在一起，唐一白、鄭凌曄、明天還有向陽陽。明天見到祁睿峰握在手裡的嶄新泳鏡，便問道：「峰哥，那是哪個女孩送你的？」

「雲朵。」

一句話讓另外三個悶頭吃飯的都抬起頭，神色各異。唐一白抿了抿嘴問：「誰？」

「雲朵啊，她是我粉絲，有什麼好奇怪的？」

明天問道：「峰哥，雲朵姊姊會不會暗戀你啊？」

「可能吧，」祁睿峰聳了聳肩，「有點麻煩，袁師太又不許我談戀愛。」

唐一白突然就沒了食慾。他放下筷子，「雲朵，」這個名字含在嘴裡，有些甜蜜又有些心酸，他吸了一口氣，問祁睿峰，「她有沒有提起我？」

「沒有。我們聊了一會兒她就走了。」

「你一定是記錯了。」

「真的沒有，我還問她要不要採訪你，她說無所謂，就走了。」此刻祁睿峰真的很想為自己的演技點個讚。

唐一白感覺自己的心臟上像開了個洞，寒風呼呼地往裡面吹。

這不正是他想要的結果嗎，兩不相見，各自心安？

為什麼，他還會如此難過？

第六章

百病可治，相思難醫

本屆亞運會將於九月二十八日至十月十三日，在日本的文化古城京都市舉行。雲朵他們報社的記者分成三批先後前往京都，她是第二批，於開幕式前三天到達。

一落地，林梓就拉著雲朵要去泡溫泉。雲朵簡直理都不想理，姊是來辦正事的，哪有一落地就先去鬼混的。

林梓卻說：「我已經訂好飯店了，反正妳晚上還是要住飯店，住哪裡都是住。」

「可是我今天還要採訪耶。我們總不能半夜去泡溫泉吧？」

「採訪誰？國家隊的大隊人馬明天才會來，妳現在去採訪哈薩克的游泳隊嗎？妳就算採訪了，社裡會讓妳發嗎？」

「呃，我想去選手村看看。」

「那就更不用去了，」林梓一臉不以為然，「有什麼好看的，等明天中國運動員都住進去了再看不好嗎？報社這次又沒有加刊，妳今天採訪、明天採訪，還不是發同一刊，急著做採訪也沒意義，又不是什麼重大新聞。」

就這樣，雲朵被林梓說到有些不思進取，兩人果然脫離團隊跑去玩了。

嵐山位於京都市的西郊，從古代就是王公貴族們旅遊的好地方。現在是楓葉正濃的季節，火紅的楓林如懸掛在天邊的織錦，橋下碧波流水，放眼望去能看到淡青色的霧氣環繞，景色確實很漂亮。雲朵自拍了一張照片，然後說：「如果我上傳這張照片，大家肯定都覺得我在棲霞山。」

林梓笑了，「棲霞山很漂亮？」

「對，比這裡漂亮。」

「妳帶我去看看好不好？」

「好啊，有機會的話。」

兩人到山頂之後逗留了一會兒，還看到好多猴子，猴子們特別會賣萌，一點也不怕人，雲朵被逗得樂不可支。

然後就去泡溫泉了。他們旅途奔波，泡溫泉確實很消除疲勞。泡過溫泉，兩人逛街，看臉色慘白的藝妓表演，還買了好多小玩意兒，木偶啦、糖果啦、吉祥物啦、摺扇啦，還有油紙傘。這些日本人做的東西不管實不實用、好不好吃，都挺好看的，讓人就是忍不住想買。那把油紙傘是竹子做的，傘面白底，上面手繪了幾片大小不一的火紅楓葉，簡單精緻，也很應景。雲朵特別喜歡，不過這把傘不是她買的，是林梓買的，因為她買不起……

據說這把傘用料講究，由老師傅全手工製作，價格嘛，折合人民幣四千多。所以說景點的東西就是貴啊，不論中外。

然後晚飯吃的是當地的料理。味道一般，不過飯菜很精緻，做得賞心悅目。

吃過晚飯，他們共撐一把漂亮的油紙傘回飯店，林梓走在紅葉鋪的小路上，低頭看一眼雲朵，見她牽著嘴角玩木偶，白皙的腮幫子輕輕鼓起一塊，是糖塊的形狀。

他莞爾，突然特別想牽她的手。

第二天竟然下起了小雨，雨絲特別細軟，外面像是罩著一層淡淡的霧氣。雲朵看看窗外，想著要去哪裡買雨傘時，林梓已經提著那把油紙傘來敲她的門。雲朵被他嚇到了：「你就打算撐這把傘出門？」

林梓有點不解，「怎麼了？這不是雨傘嗎？」

「這不是雨傘，這是錢！」

「正因為我花了錢，所以才要物盡其用，否則錢不是白花了？」

原來還可以這樣理解嗎？雲朵發現林梓總是不拘一格地刷新正常人的思路，難怪他是天才而她只是螻蟻，這就是差距。

於是兩人就撐著這把傘出門了。一路上，他們倆的回頭率很高，尤其是回到京都市區。一是因為在街上用這種傳統工藝品來遮雨的人真的太少了，二是因為他們確實很養眼。男的俊女的美，個子高挑身材棒，再撐一把漂亮的傘，漫步在天青色的煙雨中，真像是從畫裡走出來一般，實在太賞心悅目了。

甚至還有攔路搭訕的，大概以為他們是當地人，那個人嘰哩呱啦地說了一堆日語。

林梓確實聽懂了。雲朵問林梓他說了什麼，林梓答道：「他說如果我們穿了和服會更好看。」

雲朵撇一下嘴角，「我才不會在腰上揹個枕頭到處跑。」

快到選手村時雨已經停了，林梓卻還捨不得收起傘。路上駛過一輛輛巴士，雲朵眼尖，看到一輛巴士的車窗中透出一張側臉特別眼熟，她扯了一下林梓的手臂，驚道：「那不是林丹丹嗎？中國的運動員到了！」

現在追車也來不及，兩人乾脆駐足觀看。林梓從口袋裡摸出一面小國旗，在胸前搖晃著，此舉果然吸引了車上不少運動員的視線，大家紛紛隔著車窗和他們打招呼，無論是奧運冠軍還是沒拿過獎牌的小透明都對他們笑，特別親切。

雲朵有些感動。

又一輛車駛過來，她看到了那張熟悉的臉。依然是俊美無匹，只不過車窗上尚餘的細小水珠模糊了他的目光。她看不清他的表情，只知道他在看她。

雲朵呆呆地望著他，不知該作何反應。

而林梓還在搖晃小紅旗，像個不知疲倦的機器人。

唐一白隔著車窗，怔怔地望著外面那兩個人。不是沒想過再見面，但沒料到會是這樣的情形。猝不及防地，就看到她和另一個男人共撐著漂亮的紙傘漫步，詩情畫意的，就像是一對情侶。

情侶。

這兩字像刀片一樣重重刮著他的內心。心臟又開始隱隱作痛，然而他已經麻木了。他想強迫自己轉過頭不再看她，但他做不到。一遇到她，他就身不由己。他就這樣望著她，隨著車輛駛進，他緩緩地扭動脖子，一眼也不眨，目光甚至有些痴纏。他眼睜睜地看著她的身影被拋在身後，直到再也看不到。

他卻什麼也做不了。

唐一白轉過頭，坐正身體靠在座椅上閉著眼睛，長長地嘆了口氣。

心口酸酸的，很疼，疼得幾乎要落淚了。為什麼會這樣，到底是哪裡出了問題？他從不懷疑自己做的選擇，他有著清晰的目標，有著冷靜的頭腦，有著絕對的理性。然而做了那麼多心理建設，乍然遇見她時，一切都成了浮沙，他只知道自己難過，為那個選擇難過，難過得要命……

※　※　※

雲朵到選手村的時候，運動員們都入村了，她只採訪到了國家游泳隊的領隊和幾個教練。她有些心不在焉的，採訪完後自己寫了亂七八糟的賽事看點。

本次亞運會的游泳項目一共持續六天，從九月三十日到十月五日，共有三十八枚金牌，所有項目都只有預賽和決賽，沒有準決賽。

本次亞運會的泳池之爭，核心是中日之爭。

在亞洲泳壇，如果只看獎牌數量，中國無疑是頭號強國。不過這個頭號強國是靠女隊女孩們撐起來的。就男隊而言，實話說，中國的實力一直不如日本隊，不過近幾年也逐漸有了追趕的趨勢，至少差距在一步步縮小。

上屆亞運會時，中國游泳隊男子項目獎牌數和日本游泳隊男子項目的數量相當，但在金牌上差了兩塊。這一屆國家隊希望把金牌數目的差距縮小到一塊，甚至為零。中國有祁睿峰這樣的金牌大戶，還有了唐一白這匹黑馬，這樣的目標是很值得期待的。

相比女隊女孩獨霸泳壇的格局，男子項目的鬥爭更加激烈、過程更加揪心，結果也更加莫測。就現有成績來看，祁睿峰在男子兩百公尺、四百公尺、一千五百公尺項目都有奪冠的實力，且希望很大。而唐一白只要正常發揮，男子一百公尺自由式的金牌非他莫屬，實在是因為這並非亞洲人擅長的項目。至於男子的五十公尺自由式，唐一白之前破過一次日本人的亞洲紀錄，這個紀錄今年三月又被一個叫松島由田的日本人刷回來了。松島由田目前是日本短距離自由式實力最強者，一百公尺的成績也不錯。

除了他們兩個，明天的蛙式也有奪牌的實力，至於金牌就不太敢期待了，因為蛙式一直是日本人的強項，有著世界級的水準。鄭淩曄的情況也類似，雖然日本人的蝶式不像蛙式那麼誇張，不過放眼亞洲也是很強悍的。

團體項目中，男子四乘兩百公尺自由式接力是最值得期待的。祁睿峰領軍的這個項目，可謂中國的強項，只要不出意外，日本人可以靠邊站了。男子四乘一百公尺自由式接力就有點懸了，畢竟，一百公尺自由式中國能拿出手的只有祁睿峰和唐一白，日本雖然沒人比得上唐一白，但日本至少能派出四個水準不錯的選手，這一點中國比不上。還有一個項目，四乘一百公尺混合式接力基本上沒什麼希望，畢竟日本在仰式、蛙式、蝶式這前三棒的實力都很強悍，單憑最後一棒的自由式很難追平前面的差距。

分析完奪金熱點，雲朵又分析了一下國民期待。畢竟，日本是中國的老對手了，如果問人民最喜聞樂見在賽場上狠虐哪國對手，答案一定是日本。而且，這次是在日本的主場上，中國是來踢館的，到時候戰況肯定特別激烈……

寫完之後，她把這篇稿子拿給錢旭東看。孫老師去跟跳水項目了，這次錢旭東成了她的搭檔。錢旭東看完她寫的分析，覺得前面說得中規中矩，看到後來忍不住皺眉，「這都什麼亂七八糟的，體育競技怎麼扯上歷史恩怨了？」

「事實就是這樣。」

「事實放在肚子裡就好，不能亂說，有些閒人就是喜歡抓這種把柄。」

※　※　※

九月三十日，游泳比賽第一個項目是有祁睿峰參與的男子兩百公尺自由式。自從韓國名將李株基隨著年齡增長，狀態下滑後，祁睿峰在亞洲中長距離的自由式上已經沒有對手。在許多人看來，這塊獎牌幾乎已經被他收入囊中，很多國人坐在電視機或電腦前觀看直播，等待歡呼的那一刻。

然而，決賽的結果卻是讓人大跌眼鏡。

祁睿峰輸了。

輸給了日本一個叫田中勇氣的選手，兩人成績只差 0.03 秒。

田中勇氣的主要項目是混合式，祁睿峰看到他參加自由式時，以為他只是用副項湊數撈獎牌。

他卻給了祁睿峰致命的一擊。

祁睿峰覺得，如果早讓他知道田中勇氣實力不俗，他一定會游得更好一些。

但是沒有如果，輸了就是輸了。

他垂頭喪氣地離開泳池，根本沒有心情接受記者採訪。他在人群中搜索袁師太的身影，找到之後低著頭對袁師太說：「對不起。」

袁師太見他撫著自己的手腕，擰眉問道：「受傷了？」

「沒。」他低著頭，沒看到袁師太神色微微一鬆。

袁師太的聲線立刻冷厲起來，「沒受傷，游成這種熊樣？還有臉道歉？道歉有用？」

祁睿峰快哭了，「對不起……」除了對不起，他真的不知道還能說什麼。

「你記住，」袁師太說道：「賽場如戰場，任何一絲一毫的鬆懈，都是把自己逼向死路。」

「嗯。」他重重點了點頭。

「如果明天還游成這樣，你也不用出來了，泡在泳池淹死算了。」

祁睿峰精神一振，勇表決心，「袁師太，我明天一定會好好游！」

袁師太點點頭，接著輕輕揮了一下手，「行了，快去接受採訪吧。」

祁睿峰的臉又耷拉下來了，「沒心情。」每次都是作為冠軍接受採訪，這次被無名小卒虐了，想想就丟臉。

「這算什麼，不就是一塊亞運會金牌嗎？你拿過的都夠煮一鍋湯了，不稀罕！滾吧，誰敢胡說八道，拿奧運金牌打他臉。」

袁師太很少一口氣說這麼多話。祁睿峰知道她是在安慰他，眼眶熱熱的，轉身離去。

第二天晚上，男子四乘兩百公尺自由式決賽，中國拿到了亞運會開賽以來的第一塊男隊金牌。

第三天，也就是十月二日，有唐一白的五十公尺自由式的預賽和決賽。

這一天剛好是雲朵的生日。

※　※　※

亞運會的游泳比賽是唐一白第一次參加的重大賽事，在此之前，他連國內的全運會都沒參加過。雖然他的五十公尺自由式成績也很好，不過在亞洲並非天下無敵，再考慮到新手在大賽事中的狀態不太穩定，因此國內的媒體不敢對唐一白的五十公尺抱有太高期待。能拿金牌是最好不過，拿不到也無可厚非，能站領獎臺就行。

然而，唐一白在預賽中的成績卻出人意料的不錯，排名第一，領先日本選手松島由田將近0.1秒，進入決賽。

於是許多人對這場飛魚大戰有了新的期待。

雲朵一張一張地看著自己拍的照片，看到唐一白到達終點後望向電子螢幕的那一刻，她突然有些唏噓。她親眼看著他這一年來是如何走到今天。一年前默默無聞的他，被媒體圍攻盤問的他，被推到風口浪尖的他，在水中霸氣無比的他……無論面對什麼、經歷什麼，他總是淡定從容，步伐沉穩地邁向自己的目標，從不為外界的紛紛雜雜所擾。

舉世譽之而不加勸，舉世非之而不加沮。

這才是他，這才是她認識的唐一白。

眼看著他成長為今天備受矚目的新秀，雲朵既為他驕傲自豪，又有種酸酸澀澀的感覺。這個人，終究會成為體壇一顆璀璨的明星，他會收穫很多很多粉絲，有很多很多記者追著他採訪，到時候，她和他的距離會不會越來越遠呢？

會遠得回到起點嗎？

想到這裡，雲朵有些煩悶。

決賽都安排在晚上六點以後，下午是運動員們的休息時間。雲朵在媒體中心《中國體壇報》的臨時辦公室裡待著，整理圖片資料，寫寫稿子，等待著下午的決賽。

林梓突然把她叫了出去，神祕兮兮的，也不知道有什麼事。反正肯定不是正事。

雲朵跟著他出去，來到一個沒人的角落，林梓掏出一個長條形的絲絨盒子遞給雲朵，「雲朵，生日快樂。」

雲朵張了張嘴。她竟然才反應過來今天是她生日，往常她是不會忘記自己生日的，因為十月一日是國慶假期，第二天假期就是她生日。但是這次趕上亞運會，忙到暈頭，所以她也就把假期啊、生日啊什麼的拋諸腦後。

沒想到林梓還記得。

雲朵有點感動，接過那絲絨盒子，「謝謝。」

「客氣什麼，妳是我老大嘛，打開看看喜不喜歡。」

「嗯。」雲朵點了點頭，打開盒子，看到裡面躺著一條藍寶石鑲鑽吊墜，正是她和林梓逛街看到卻捨不得買的那條。她有些為難，「這個太貴了，我不能收。」

林梓卻說，「放心，這是高仿的，不貴。」

「真的？」雲朵不太確信，「你也會買高仿的東西嗎？」

「因為妳不收正品，我有什麼辦法。」

雲朵仔細看著那條吊墜，藍寶石澄澈透亮，碎鑽光華璀璨，怎麼看怎麼不像是仿製品，她狐疑地盯著林梓，「你騙我的吧？」

「真的，不信妳看。」林梓說著，翻出手機給她看他在淘寶上的購買記錄。

雲朵一看，還真的是。她感慨地道：「現在的高模擬技術真是太可怕了。」

林梓看著地面，也不知道在想什麼，只說：「妳喜歡就好。」

雲朵把吊墜收好之後，輕輕拍了一下林梓的肩膀，笑道：「還是我的小弟有心啊，老大平時沒白疼你。」

林梓看著她的眼睛，薄薄的嘴唇輕輕一挑，「心情好點沒？」

雲朵愣了愣，隨即吐一下舌頭掩飾心虛，「你怎麼看出來的？」

林梓沒有回答這個問題，說道：「雲朵，妳知不知道唐一白為什麼不喜歡妳？」

「為什麼？」

「因為他不能喜歡妳。」

雲朵微微張著嘴，看著他平靜無波的狹長眼睛，突然明白這到底是怎麼回事。

唐一白不能喜歡她，真的是這樣。他那麼受歡迎，如果他願意談戀愛，早就已經有女朋友了。一直以來沒有女朋友，說明他根本無心戀愛，他把所有的時間和精力都放在了游泳上。

既然如此，他又怎麼會接受她呢？

他的世界只有游泳，而時間留給他的機會已經不多了。他今年二十二歲，明年世錦賽二十三歲，後年奧運會二十四歲，從現在到奧運會的這兩年，是他職業生涯中最後的黃金時期。而他經歷過那麼多坎坷，遠不像祁睿峰那樣順風順水。祁睿峰從十五歲嶄露頭角後參與過那麼多大賽，已經榮譽滿身，而唐一白呢？

他此生擁有的唯有這兩年。錯過了這次奧運會，下一次就要等到二十八歲。

對一個運動員的職業生涯來說，這個年紀已算遲暮。無論你有多高昂的鬥志，你的身體條件已經無法撐起它。

這很殘忍，但這是事實。

所以，現階段唐一白肯定希望心無旁騖地游泳，兒女情長什麼的統統靠邊站。

這才是真相。這才是他為什麼疏遠她——他察覺到了她的情意，所以用這種方式避免捲入兒女情長。

想通這一點之後，雲朵果然沒有之前那麼煩悶了。

當然，也沒有多高興。

林梓又說：「所以妳那個等亞運會結束，就跟他表白的打算也可以放下了。」

雲朵驚訝地望著他，臉頰上飄起一朵紅暈，「你、你怎麼知道？」她確實想和唐一白談一談，如果時機可以，她不介意表白……

當然，現在沒這個想法了。

林梓嘆了口氣，視線落在她臉上，溫和得像初雪消融。他說：「雲朵，妳要知道，我才是最瞭解妳的那個人。」

「嗯。」雲朵重重點了一下頭。

林梓突然又笑了，「不管怎麼說，我永遠支持妳，我的老大。」

雲朵眼眶熱了熱，抿著嘴笑望他。

他張開手臂，目光溫暖，「來吧，擁抱一下。」

雲朵向前邁了一步，走進他的懷抱。她環住他的腰，臉埋在他的胸前，悶聲說道：「林梓，謝謝你。」

謝謝你在我迷茫的時候提點我，在我煩悶的時候逗我開心。謝謝你記得我的生日，謝謝你一直支持我。

林梓輕輕擁著她，瞇了瞇眼睛，看向不遠處的那道身影。在看到他們相擁時，那個人的身體輕輕晃了一下，然後死死地盯著他們。

林梓挑了挑眉，他閉上眼睛，微微低頭，輕如羽毛的一吻落在她的髮頂。

那個人轉身，落荒而逃。

直到走出媒體中心，唐一白的眼前還晃著那兩人相擁的畫面。

他記得她的生日，他本來想偷偷溜去媒體中心找她，跟她說一句生日快樂。他知道自己不該那麼做，然而時至今日，他的自制力早已經土崩瓦解，他也就一不做二不休，非要見她一面不可。

他一定要送上自己的祝福，如果可以，他希望聽到她為他加油。

可見到的卻是那樣的一幕。

心口難受，難受得要死。有些真相他不願去想，不願去承認，然而它非要當面撕扯給他看，像一把利刃在戳他心窩最柔軟的地方，重重地攪動。疼啊，那股疼痛像是疼進了靈魂裡。

我該怎麼辦，我該怎麼辦……

他一路這樣想著回去了，也不知道自己這一個多小時是怎麼過的。

晚上比賽前，伍總交代他幾句，他隨口答應了，轉身卻不記得教練說了什麼。

當然，最後他還是要站到出發臺上。

唐一白預賽成績第一，他占了最好的泳道。

他站在出發臺上，聽到裁判說道：「Take your mark——」

他做好預備動作，一動也不動，等待著發令槍響。神經本能地繃得緊緊的，意識卻有些游離，恍惚間，他似乎聽到了發令槍響，於是立刻入水。

入水動作已經千錘百煉，流暢無比。可是當他游出一段距離時，頓時感覺不對勁，泳池裡空蕩蕩的，他感受不到來自對手的水流變化。他心裡一咯噔，停下來浮出水面，迷茫地望向出發點。

其他國家的運動員都站在自己的出發臺上，望著泳池中的他。

裁判走過來宣布唐一白搶跳犯規，取消本場比賽資格。現場解說用英日雙語解釋了情況。本場比賽最有實力的一名選手，因為搶跳出局了。整個會場為此一片譁然，中國觀眾區一直舞動的國旗悄悄收了下來，整個觀眾區一片沉默。

唐一白上岸後，幾乎全場的觀眾都在看他，還有很多記者在拍照。她肯定也看到了。

意識到這一點，唐一白有些沮喪。他安靜地離開泳池，找到他的教練伍勇。

伍勇看到唐一白一臉垂頭喪氣，都不忍心罵他了。

終究是沒經歷過大賽啊，伍勇心想，平時看起來很可靠的一個孩子，到了這個時刻也撐不住。他拍了拍唐一白的肩膀，溫聲說道：「沒關係，後面的比賽好好游。」

唐一白點了點頭。

祁睿峰過一會兒也有比賽。看到唐一白搶跳出局，祁睿峰很替他難過，又不知道怎麼安慰他。想了想，祁睿峰說，「沒關係，我第一場也輸了。明天的接力贏回來。」

唐一白點了點頭。

祁睿峰還想說什麼，他卻擺擺手，「峰哥，我先回去了。」

唐一白前腳剛走，雲朵後腳卻過來找他。記者的活動範圍有限制，她只好在觀眾席上叫祁睿峰，「祁睿峰，祁睿峰！」

祁睿峰看到是她，便說道：「雲朵，怎麼了？」

「唐一白呢？」

「走了。雲朵，妳今天不能採訪他，他心情不好。」

雲朵有些無語，「我不是採訪他，我……我就是想看看他。」

看看他好不好……

祁睿峰搖搖頭，「他已經走了，回宿舍了。」

想到唐一白垂頭喪氣的樣子，雲朵特別難過，又不甘心地問祁睿峰，「那我晚上能去選手村看看他嗎？我就看看他。」

「好像不能，記者不可以隨便進村，我們也不能隨便出去。」

「你幫我想想辦法嘛。」雲朵急得眼眶發紅。

祁睿峰果然認真想了一下，突然眼前一亮，「有辦法了。」

「什麼？」

他剛要喊話，突然意識到這個辦法不太正規，被人知道就不好了，於是招呼雲朵，兩人沿著觀眾席圍欄走，走到可以接頭時，他悄悄對雲朵說：「選手村西牆旁有個小樹林，那個牆是透視牆，不高，我和唐一白都能翻過去。妳在小樹林等他，讓他翻過去找妳。到時候妳帶著手電筒，我叫他也帶一個，這樣你們就能看到對方了……我真是一個天才。」

「是啊是啊，你果然是一個天才，就這麼辦！」雲朵一個勁地讚美他，接著又道：「我等他到晚上十點半，他不願意來也沒關係，不用勉強。我只是有點擔心他。」

「嗯，我知道，我回去跟他說，」祁睿峰點著頭，突然又凝眉沉思，「總覺得這樣像是在偷偷約會。」

「什麼啊！」雲朵臉一紅，找個藉口跑走了。

※　※　※

晚上賽事比完後快七點半了，雲朵做完採訪隨便吃了點東西，就一個人跑去了選手村的小樹林。那片小樹林不大，雲朵擔心唐一白找不到她，就悄悄沿著西牆來回走動。牆主要是用鐵欄杆做的，果然沒什麼高度。

她怕被夜裡巡邏的人逮到，不敢開手電筒，就這樣一邊走一邊往牆裡偷看，那樣子特別特別猥瑣。

看到一個身影朝這邊走來，雲朵趕緊退回小樹林裡，仔細觀察他的舉動。那個人個子高高的，直接走到牆邊，起身踩著透視牆的橫欄，三兩下乾脆俐落地翻了過去。雲朵看到他翻牆，突然有點後悔自己的冒失，如果他一個不小心撞到，那就完蛋了。

她正在懺悔時，他已經打開了手電筒，朝樹林裡晃了晃。雲朵趕緊也打開自己的手電筒，和他對暗號。

唐一白便朝她走了過來。

雲朵看著他的身影漸漸走近，突然無法抑制地心跳加速。她握著手電筒，不敢照他更不敢照自己，只好使光源垂下，在地上落下一個明亮的圓斑。

唐一白走到她面前，喚了她一聲，「雲朵？」他的聲音很輕，像是從夢裡走出來。

雲朵點了一下頭，「是我，唐一白。」樹林裡太黑，她看不清楚他的面容，但她知道他在低頭看她。她有些侷促，悄悄用腳尖蹭著地面。

「峰哥說妳找我有事？」

「啊，不是，我只是……唐一白，你……你還好嗎？」

唐一白苦笑了一聲，低聲說道：「我好像不太好。」

雲朵突然特別心疼他。搶跳是很低級的錯誤，想必他自己已經自責過無數次了，而此刻國內的輿論也有些恨鐵不成鋼的意思，許多人覺得唐一白的心理素質太差。雲朵不覺得他差，只是心疼他。

她鼻子酸酸的，勸他，「唐一白，你不要難過。」

唐一白心想，那妳告訴我，我要如何才能不難過？

雲朵又說，「搶跳沒什麼大不了的，也有不少名將搶跳過，都是在賽場上太緊張，難免的。你不要自責，你很棒，後面的一百公尺好好游，穩拿金牌的。」

唐一白低頭看著雲朵模糊的面容，夜色太黑，他只能看到她的輪廓。但他的心房卻暖暖的，輕聲說道：「妳擔心我？」

「是啊。」雲朵小聲答。

唐一白只覺得壓在心頭的沉沉鬱氣突然消散了不少，他發覺自己真的太容易滿足了。唐一白沉默了一會兒，突然說，「雲朵，回答我一個問題。」

「啊？你說。」

「林梓是不是妳男朋友？」

「不是啊，誰說的！」雲朵連忙否認，「他是我同事。」

「可是我今天看到他抱妳了。」

雲朵有點氣，「你也抱過我呢，你是我男朋友嗎？」

一句話使唐一白心臟猛跳，差一點脫口說出「讓我做妳男朋友吧」。他抿著嘴，稍稍冷靜了一下後輕輕說，「喔。」

雲朵追問道：「為什麼這樣問？」

「只是有點好奇。」

如果她此刻能看到他的表情，一定就會明白他到底為何這樣問了。

得知雲朵和林梓並無戀人關係之後，唐一白只覺得陰霾散盡，一身輕鬆。兩人閒聊了一會兒，雲朵確認唐一白的情緒沒什麼問題之後，也不敢讓他在外面待太久，便就此告別。

告別之前，雲朵說：「唐一白，你明天會參加四乘一百公尺自由式接力吧？」

「嗯。」

「那你好好游，加油！」

他的聲音帶著笑意，「嗯，我會的。」

雲朵撓了撓頭，「不過也不要給自己太大壓力，反正盡力就好。」

「嗯。」

最後，雲朵張開雙臂，「給你一個擁抱鼓勵一下。」

唐一白輕輕將她攬進懷裡。夜色太黑，她看不到他笑得有多溫柔。他摟著她柔軟的身體，在她耳邊輕聲說道：「謝謝妳，雲朵。我明天一定會好好游。」

雲朵很貪戀他寬闊且溫暖的懷抱，然而她不敢逗留太久，兩人很快就分開了。

唐一白回到宿舍時，祁睿峰覺得他不太對勁。

具體是怎麼不對勁也說不清楚，就是覺得，有點邪性。他出去的時候像一塊冰，回來時像一團神祕的霧氣，連眼神都變了，變得有點纏綿，看到什麼都纏綿，還笑！

拜託，你今天才剛剛因為搶跳，丟了一塊金牌好不好，笑屁啊！怪嚇人的……

祁睿峰有點擔憂，「你是不是生病了？」

唐一白一愣，隨即點頭，「是，而且病得不輕。」

他都承認了，祁睿峰更加不安，「什麼病？快去找隊醫看看啊，不要拖著，及早發現早治療。」

唐一白搖了搖頭，「不用，治不好。」

祁睿峰嚇呆了，「你你你你到底得了什麼病！」

唐一白往床上一倒，兩手枕著頭，幽幽嘆了口氣：「百病可治，相思難醫。」

※　※　※

十月三日，是亞運會游泳項目比賽的第四個比賽日。

今天將有四個男子項目和三個女子項目的金牌誕生，其中男子項目分別是一百公尺蝶式、一百公尺蛙式、四百公尺個人混合式和四乘一百公尺自由式接力。這四個項目無一例外都是日本隊的強項，中國想從日本隊手中搶到金牌，著實不易。

加上昨天唐一白馬前失足，國內媒體更不敢說什麼大話了。

四百公尺混合式，中國有十七歲小將馬若凡參加，他的成績也還不錯，具體能不能拿獎牌就要看他發揮。除了這個項目之外，另外三個項目以中國的實力，要站上領獎臺還是可以期待的。尤其是小將明天的一百公尺蛙式，今年的成績是亞洲第二，世界第四，如果今天好好發揮，應該能拿到一枚銀牌。

他的對手是日本名將岡本大郎，雖然這個名字有點……嗯，不知道怎麼說才好，但這不會影響到他出色的表現，今年的最好成績是59秒36，領先明天將近0.3秒。鄭凌曄的一百公尺蝶式也被日本對手壓制。明天和鄭凌曄的賽場表現幾乎是兩個極端，明天的成績可以很好也可以很不好，他的狀態連他自己都說不清楚，而鄭凌曄一直都四平八穩，成績沒有很大的突破，但從來不會失手。

四乘一百公尺自由式接力的金牌被認為是所有游泳項目裡，最有分量的一枚金牌，它是團體項目裡最快的一個，也是檢驗一國游泳綜合實力的重要指標。而團體賽又總是比個人賽更令人熱血沸騰。

日本媒體在此前已經發下狂言，這一枚金牌一定是他們的囊中之物。他們如此自信，倒也不無依據，雖然中日兩國在這個項目上都稱不上世界水準，但日本比中國更均衡一些，再加上中國男子游泳隊大換血，名將退役，剩下的只有祁睿峰。而祁睿峰的一百公尺自由式成績並非十分突出。再加一個唐一白又能怎樣？中國有唐一白，日本還有松島由田呢，而且田中勇氣的一百公尺自由式也不比祁睿峰差。

日本媒體算了一下，將兩國四個最強的自由式隊員個人成績相加來看，日本能領先中國0.2秒左右。況且又是主場作戰，日本隊員肯定能好好發揮，至於中國隊員，反正祁睿峰和唐一白都馬前失蹄了……

上午的預賽結束，中國隊員全部進入決賽。晚上第一個男子項目是馬若凡的四百公尺混合式，他發揮得很好，拿到了一枚銀牌，冠軍是日本的田中勇氣。

這為中國隊開了個好頭。

接下來，在男子一百公尺蝶式中，鄭凌曄發揮平穩，拿了一枚銀牌。

第三個男子項目是一百公尺蛙式。明天在出場前一直和隊友待在一起，他不停地和祁睿峰、唐一白碎碎念，「怎麼辦啊，峰哥我好緊張！一白哥我好緊張！」

祁睿峰有些無語，「裝什麼裝，你連世錦賽都參加過了，一個亞運會還緊張？」

「不是啊，世錦賽時我又不想拿獎牌，就是隨便比比嘛，沒想到運氣那麼好。可是現在不一樣，現在我好緊張！」

唐一白安慰他道：「沒關係，緊張一點，成績可能會更好，」頓了頓，他又補充，「只要別搶跳就行。」

「哈，」明天撓著頭尷尬地笑，「一白哥真會開玩笑……」

祁睿峰鄭重地拍著他的肩膀，「幹掉他們！」

明天快哭了，「你不要這樣說，你這樣說我更緊張了！那個套套大郎很厲害，我幹不掉他啊！」

過了一會兒，明天就入場了。入場時他對觀眾席的歡呼沒什麼反應，滿腦子想的都是一句話：幹掉他們、幹掉他們、幹掉他們……

啊啊啊啊啊，怎麼辦，被峰哥洗腦了！

明天就這樣帶著「幹掉他們」的神聖使命站上了出發臺。他看著淡藍色的明亮水面，頭腦漸漸冷靜下來。

他旁邊就是岡本大郎，明天一直稱他為「套套大郎」。

入水後，明天感覺到身邊套套大郎的存在，總覺得是莫大的威脅。他奮力地蹬著結實有力的兩條腿，我游我游我游游游！

轉身，到終點，他浮出水面，仰頭去看電子螢幕。第一個數字是59秒35，好賤！套套大郎真變態！

等一下！旁邊的小國旗是五星紅旗，是中國啊！我靠！明天眨了眨眼睛，仔細看第一名的那一串英文名字，分明是他名字的拼音。

嗷嗷嗷嗷嗷！！！！

中國觀眾區沸騰了，這枚金牌真是意外驚喜！那個小朋友超常發揮了，他領先岡本大郎0.05秒拿到冠軍！

明天簡直笑傻了，上岸之後接受電視臺的採訪，一口氣說了一大堆話，連標點符號都不加，讓記者都聽傻了。

國外記者採訪時，他語速就沒那麼快了，畢竟他的英語水準直追祁睿峰，結結巴巴地一邊講單詞一邊比劃，連手語都用上了。

雲朵也很為他高興。高興之餘，她更加期待接下來的接力項目了。

女孩們又一枚金牌入袋之後，游泳中心迎來了今天比賽的重頭戲——男子四乘一百公尺自由式接力賽。

從運動員入場，雲朵的心跳就加快了，她真的好緊張，好像比運動員緊張。

所有運動員入場完畢，解說員開始介紹各個國家的隊員。

預賽是日本隊第一，排在第四泳道：中國隊成績稍微落後，名列第二，排在第五泳道。

日本隊的預賽第一是在沒有田中勇氣的情況下游出來的，而到了現在的決賽，田中勇氣也加進來，他游第一棒。田中勇氣這個隊員主游混合式，但他的自由式也很棒，否則不會在兩百公尺自由式中戰勝祁睿峰。他的一百公尺自由式成績也很好，雖然今天已經游過一場，但日本隊還是選擇把他加進來，可見對他的重視與信任。

日本隊游最後一棒的是他們的短距離自由式之王松島由田，這個昨天獲得五十公尺自由式金牌的男人，此刻正意氣風發。

一般情況下，為了保險起見，接力比賽中喜歡把速度快的人安排在後面，日本隊如此，中國隊也不例外，把唐一白作為壓軸選手排在第四棒。而祁睿峰剛好安排在第一棒，與老冤家田中勇氣競速，也不知道是湊巧還是有意為之。

其實之前在位置安排上，國家隊重新討論過一次，因為唐一白昨天表現不好，所以有些人擔心他今天能否擔起壓軸重任，對於這個問題，唐一白的教練、隊友都認為唐一白可以勝任，唐一白自己也表示完全沒有問題，於是依照原計畫不變。

雲朵扶著胸前的相機，眼睛一眨不眨地盯著出發臺上的祁睿峰。

Take your mark——

嘟——

祁睿峰的出發速度還不錯，入水時領先田中勇氣 0.02 秒，這個微弱的優勢很快就被田中勇氣追平反超，反超的幅度只能透過螢幕上的數字來確定，肉眼幾乎察覺不到。日本觀眾為反超的歡呼剛喊到一半，祁睿峰又迅速反超回來。

就這樣你超我我超你，誰都無法甩開誰。兩人戰得難解難分，現場觀眾席上的吶喊加油聲簡直要衝破屋頂，直上雲霄了。

轉身之後，祁睿峰稍稍建立起一點優勢，他接著提速，力圖把這點優勢拉開，田中勇氣卻死咬著他不放。然而這只是表面，如果仔細觀察，會發現他們兩個的距離正在緩慢地擴大。電子計數器也很清晰地反映了這一點，祁睿峰名字後面的數字不停地跳動，時高時低，但整體上一直在提高。

觸壁時，祁睿峰的優勢已經徹底建立起來，領先田中勇氣 0.11 秒。

一個不錯的開局，算是報了首場兩百公尺自由式的仇。

雲朵既激動又興奮，第一棒領先 0.11 秒，只要第二三棒不要太差，中國隊應該能拿下金牌吧？

然而第二棒游下來，卻像是一盆冷水澆到她頭頂。

本來那 0.11 秒的優勢蕩然無存，中國隊還落後日本隊 0.2 秒。也就是說，第二棒總共被人家超出 0.31 秒！

啊啊啊啊！不要！！！！

雲朵好崩潰，她很羨慕現場觀眾，可以肆無忌憚地加油助威，想怎麼喊就怎麼喊。現在她忍著不敢亂喊，快憋出內傷了……

一定要加油啊！她只好在心裡默默地重複這句話。

第三棒開始，雲朵看著泳池中逐漸拉開的身影簡直快哭了。她看得出來運動員自己也很拚，不是故意落後的，可實在是實力不如人家，所以距離還在一步步擴大。轉身後衝刺時，那運動員也拚了命，稍稍追趕了一些，可是完全不夠……

第三棒觸壁時，中國隊總共落後 0.56 秒。

高手對決，這個數字幾乎是難以跨越的。儘管唐一白的個人一百公尺自由式成績比松島由田好，但也沒有好到逆天。雲朵之前自己估算了一下，如果前三棒的成績累積落後 0.45 秒以內，唐一白正常發揮的話基本上可以反超，超過 0.45 秒就看發揮了。

現在，差距已經擴大到 0.56 秒。

雲朵捏著拳頭，在心裡一遍遍地重複著那句廢話：一定要加油啊……

松島由田游出一段距離之後，唐一白才入水。雲朵眼睛眨也不眨地盯著池中那道身影，他宛如蛟龍一般矯健迅速，在翻飛的浪花中前行。長而有力的手臂一下一下划水，修長的雙腿打著水流，速度飛快而節奏絲毫不亂。

兩人的距離漸漸拉近。

沒有人懷疑唐一白更快，然而他們的差距實在有點大，0.56 秒，在短短一百公尺的距離內，他能不能追平這個差距？連唐一白最忠誠的粉絲，在此刻都要在這個問題上打一個大大的問號。

轉身，加速。

唐一白此刻才是真的馬力全開，雲朵幾乎能看出他的速度提升了一截。雲朵瞪著眼睛，看著他以更驚人的速度逼近對手，那距離飛快地縮短，像是太陽底下飛速消融的冰塊。她的心臟幾乎快要跳出來，腎上腺素激升，血液轟隆隆地奔向大腦，激動得快哭了，要掐著自己的手臂才能控制住，不喊出來！

他像一艘魚艇……不，一艘戰艦，他以勢不可擋的霸氣穿水而來，無人能阻擋，無人能撼動！

反超成功！

觸壁！

唐一白，最後一棒超越對手 0.64 秒，四棒總成績領先日本隊 0.08 秒，為中國隊拿到全場分量最重的一塊金牌。

——冠軍！

唐一白上岸後，用一條淺藍色的浴巾擦了擦身體，接著把浴巾隨意往腰間一圍，就急匆匆地去接受記者採訪了，這個時候他心率還沒緩過來呢，說話都喘著氣。

雲朵看到他的頭髮還濕漉漉的，不算長的頭髮被他隨隨便便抹了一把，髮型特別另類。當然了，真正的帥哥就算變光頭也是帥哥。由於剛剛劇烈運動後還沒平復，他的臉色呈現淡淡的粉色，眼睛一如既往地明亮如星辰，乾淨如水晶。

和隊友們一起走到電視臺記者面前時，他的視線越過攝影機和麥克風，看了一眼擠在人群後面的她。

她正瞪著一雙漂亮的杏眼，兩眼放光地看著他，嘴角掛著傻笑。

唐一白莞爾，很努力才壓下彎起的嘴角，很嚴肅認真地接受了記者的採訪。

這段賽後採訪是有時間限制的，之後還會另外安排新聞發表會。中央電視臺是媒體圈的霸主，當然由他們先進行採訪。四個人，唐一白最後一個被採訪，等採訪完他，留給其他記者的時間基本上都耗盡了。唐一白最後看了一眼雲朵，那意思很明顯：女孩，我可以為妳留點時間。

然而雲朵十分不爭氣，現在情緒還很激動，一張嘴，嘴唇就發顫，她覺得自己很可能連流暢的話都說不出來，只好輕輕地把錢旭東推到前面，由這個前輩來完成。

錢旭東不愧為資深記者，表現比雲朵淡定多了。

等錢旭東採訪完，唐一白也該走了。他臨走前朝雲朵招了招手，用口型對她說：過來。

雲朵便走到他面前。他低頭笑吟吟地望著她，她一陣不好意思，輕輕拍了一下胸口，說道：「那什麼，從今天開始我就是你的腦殘粉了。」

唐一白笑著揉了一下她的腦袋，把她劉海都弄亂了。他說：「妳不適合當我的腦殘粉。」

她歪著腦袋問道：「那我適合當什麼？」

他抿著嘴笑，並不回答這個問題，而是突然彎腰，湊到她耳邊壓低聲音說：「今晚老地方見。」

熱熱的氣息噴到她的臉頰上，像火一樣燎起了一片紅霞。雲朵只覺得燥熱無比，同時又有點無語。這句話真是太奇怪了，老地方是哪裡啊，誰跟你老地方啊！

他說完便直起腰，旁若無人地走開了。現場的媒體工作者都一臉銷魂地看著雲朵，讓雲朵滿臉通紅。

晚上回到飯店，把東西放下之後，雲朵的腿就不是她自己的了，激動地要往外走。剛走到門口就被林梓攔住。他靠在牆上，像是在等她，見到她開門就問：「做什麼去？」

「沒什麼，出去晃晃。」

「遇到混混流氓怎麼辦？我陪妳吧。」

雲朵趕緊搖頭，「不用！你忘了你老大我有多英勇嗎？」說完不等他回答，逃也似的噔噔噔跑下樓。

林梓看著她消失的背影，臉色有些陰鬱。

※　※　※

雲朵如約來到了「老地方」，就是那片小樹林。昨天讓唐一白翻牆後她就特別害怕，怕他擦到扭到之類的，今天晚上絕對不能再讓他翻，所以急急忙忙跑來蹲點了。

一邊等一邊掏出花露水，噴噴噴，繞著身邊噴了好多。日本的蚊子很凶悍，都十月了，還精神抖擻得像嗑藥似的。

等了一會兒，看到唐一白高挑挺拔的身影走近，她壓低聲音輕輕呼喚他，「唐一白——這裡。」

唐一白看到了她，他走過來，聲音帶著淡淡的笑意，「妳很著急？」

「咳，不是，」雲朵看到唐一白抓著鐵圍欄又要上來，她一把按住他，「別！」

她的手扣在他的手上，柔軟的掌心、涼涼的指尖，觸感透過他手背上的皮膚向大腦皮層傳導。唐一白的心跳漏了一拍，他的注意力都放在兩人肌膚相貼的地方。他一動不動，生怕驚動了這突然降臨的親密。

雲朵兀自按著他，說道：「不要翻牆了，我們就這樣說話。」

「好。」

雲朵放下手，不好意思地輕輕擦了一下手心，遠處的燈光有點暗，她沒看到唐一白臉上那淡淡的遺憾。她舉著花露水在唐一白周遭噴了一些，然後問道：「你找我有什麼事？」

唐一白笑，「沒事就不能找妳嗎？」

咦？

雲朵的心跳有點亂，愣愣地看著他的身影，小聲說：「你什麼意思啊！」

我還有什麼意思？唐一白忍不住輕笑出聲，他的手從鐵圍欄中間穿過，輕輕摸了摸她的頭，力道溫柔。感受著掌心乾燥涼沁的髮絲，他說：「我只是想要妳陪我說說話。妳陪我說話，能幫我緩解壓力。」

「真的嗎？」雲朵很高興，原來她有這麼大的作用，不過想想也可以理解啦，他和教練畢竟有代溝，好基友們又一個比一個不可靠，要不是話嘮就是中二，好不容易有個稍微正常的鄭淩曄，還是個悶葫蘆惜字如金……

呃，突然有點同情他了呢……

「你想要我陪你說什麼呢？」她問。

「隨便，說說妳的事情吧。」

一說到這個，雲朵還真的說起來了。她沒見過世面，以前只在國內混，唯一一次出國是去希臘玩了兩天。這次第一次見到這麼多國家的人，和他們打交道，偶爾和各國記者聊聊天很長見識。

唐一白安靜地聽著她滔滔不絕，夜色中，她看不到他溫暖如春的笑意。

在吐槽了一下亞洲各國人民的英語發音之後，雲朵停下來，「唐一白，你怎麼不說話？」

「我想聽妳說。」

雲朵有點不好意思，她覺得自己話太多，一點都不文靜，不淑女，不矜持……她停了一下，問道：「你就沒有想說的嗎？」

有啊，我有很多話想對妳說。唐一白心想，只不過現在不是時候。

這時，一道手電筒光打過來，不遠處有一個人用流利的中文說：「誰在那裡？」

雲朵有點慌，「糟了，被發現了，我先走了，你明天要加油！」她說完重重拍了拍他的肩膀，不等他說話，轉身就跑。

唐一白哭笑不得，「妳不要急，沒事，又不是在偷情……」

雲朵聽到這句話跑得更快了，一轉眼消失在小樹林中。

唐一白站在原地，微笑地望進那茫茫的夜色。某些事情，想通的感覺真好，烏雲散盡，天空晴朗，連呼吸都覺得輕快。既然無法阻擋自己靠近她的腳步，那麼他何必反抗呢？未來很重要，然而當下才是最真實可觸，最值得把握的。

我不確定未來會怎樣，我只知道現在不能失去妳。

那個拿著手電筒的人走近一看，疑惑地道：「唐一白？」

「嗯，是我，徐領隊。」

來人正是國家游泳隊的領隊，徐天相。

徐天相狐疑地打量著唐一白，問道：「你剛才在和誰說話？」

「我女朋友。」

徐天相見他笑得無比蕩漾，不疑有他。

唐一白面不改色地回去了，在路上遇到出門亂轉的向陽陽。向陽陽在他身上嗅了嗅，驚奇道：「一白你竟然用蘭花香的花露水？好有女人味喔！」

回到宿舍時，祁睿峰看著唐一白，欲言又止。

唐一白問他，「怎麼了？」

「你真的喜歡雲朵嗎？」祁睿峰問道。

「當然，特別喜歡，」唐一白坐下來，目光突然有些警戒。他直勾勾地看著祁睿峰，「峰哥，你不會要和我搶人吧？」

「什麼鬼，我是那樣的人嗎！」祁睿峰不高興了，他突然又很鬱悶，「可是為什麼你可以談戀愛我卻不可以！」

「因為我遇到了一個不能錯過的女孩，你還沒有遇到。」

祁睿峰有些愣怔。

沉默良久，祁睿峰突然又說：「既然你這麼喜歡她，我就再告訴你一件事。」

本來都答應雲朵要保密了，不過祕密存在的意義就是洩露，所以現在祁睿峰毫無壓力地和唐一白說了泳鏡的事。

「所以說，那副泳鏡是雲朵送給我的生日禮物？」唐一白說著，漂亮的眼眸都染上了笑意，他朝祁睿峰伸出手，「快點給我。」

祁睿峰卻不想給，「可是她已經給我了，你叫她再買一副給你。」

「不行，給我。」

「那是我備用的，不能給你。」

「我拿備用的和你換。」

唐一白終於拿回了遲到的生日禮物，他摩挲著鏡框問祁睿峰，「你說我該補什麼禮物給她呢？」

「不知道！」

唐一白恍然，「對，這種問題你怎麼可能知道。」

「……」祁睿峰覺得自己受到了傷害。

※　※　※

第二天，亞運會游泳項目的第五個比賽日，唐一白戴著新的泳鏡參加了男子一百公尺自由式的決賽。雲朵看到他那副泳鏡就有點抓狂了，紅著臉看完整場比賽。

比賽結果，唐一白成績47秒74，刷新了他這個項目的個人最好成績，打破了亞洲紀錄和賽會紀錄，拿到了一枚毫無爭議的金牌。

男子一百公尺自由式的金牌歸屬幾乎不出任何人的意料，就連日本當地媒體此前的預測分析也表示，唐一白勝出的可能性比較大，畢竟實力擺在那裡。想要松島由田拿金牌，只能期待唐一白再次搶跳了，這是幾乎不可能的。

賽後的例行採訪中，唐一白也表示這是正常發揮。不過和前兩次採訪不同的是今天他的手裡多了一副泳鏡，正是剛才比賽時他戴的那副。

記者的眼睛比較敏銳，問唐一白：「我看你今天換了泳鏡？就是你拿的這副吧？」

「對。」唐一白點頭，眼眸微動，視線輕輕飄了一下，掃一眼雲朵。

雲朵恰好也在看他，兩人視線相碰，她也不知是心虛還是怎麼樣，趕緊低頭假裝沒看他。

他牽起嘴角。

記者被他的笑容閃得有一瞬間恍神，帥成這樣真是太過分了！幸好姊姊我職業素養高，也只是一下下而已……她收拾好情緒，又問：「為什麼換泳鏡呢？」

「因為這一副能為我帶來好運。」他答道。

《中國體壇報》的採訪依然是錢旭東執行的，因為雲朵死活不肯往前邁步。此刻她的小心臟怦通亂跳，也不知道該怎樣面對唐一白，所以乾脆躲在後面裝死。

唐一白一邊說話，視線一邊往雲朵身上飄，林梓見狀，乾脆站在雲朵前面，完全杜絕了兩人眉來眼去的可能性。

唐一白皺了一下眉，面色不善地掃過他一眼。

於是，最終唐一白也沒機會說出「老地方見」之類的話。

唐一白離開後，雲朵撫著胸口對林梓說：「怎麼辦啊，我覺得他可能有點喜歡我！」

林梓面無表情地答，「就算他喜歡妳，你們也不能在一起。」

雲朵癟癟嘴，「感覺我們都變成痴男怨女了……」

林梓說：「如果等奧運會之後你們還能這樣始終喜歡著彼此，到時候你們就可以在一起了。」

她有些惆悵。人是會變的，兩年之後他們還會在原地等著對方嗎？就連相愛的人都會分手，何況是他們這種藏在心底的喜歡，該是何等脆弱？

或者捫心自問，她兩年之後還會繼續喜歡他嗎？

她真的不敢說，不敢說「是」也不敢說「否」。未來充滿了不確定性，所有關於未來的預測都是模糊的，斬釘截鐵的回答只是對未來的一種錯誤解讀，或者不負責任。

晚上，雲朵躺在床上輾轉，為她說不出口的喜歡，為他壓抑的情感。最後，她長長嘆了一口氣。也許與愛情相比，夢想確實更加彌足珍貴。她喜歡他，所以她也喜歡著他的夢想，她不敢說以後，至少現在，她願意默默地看著他，靜靜地等他。

至於她能等到什麼時候，那就交給未來吧。

當雲朵惆悵的時候，唐一白也有點惆悵。雲、朵、她、今、晚、竟、然、沒、來、老、地、方！

雖然他沒有機會和她說，甚至連眼神交流的機會都沒有，但這種默契不應該是很明顯的嗎？然而她卻沒有來。

一定是因為害羞了。

想到她羞得滿臉通紅的樣子，唐一白靠在透視牆上低聲悶笑，笑了一會兒發覺自己像個神經病。他向牆外望了望，始終沒見到她的身影。他嘆了口氣，只好轉身離去。

手裡還抓著一塊金牌。

今天拿了冠軍，唐一白本來打算用金牌彌補生日禮物的。現在想想他可能有點衝動，萬一嚇到她怎麼辦？

所以，還是送點正常的吧……？

※　※　※

十月五日，是亞運會游泳項目的最後一個比賽日。

今天將會誕生出六枚金牌，其中男子項目分別是五十公尺蛙式、一千五百公尺自由式和四乘一百公尺混合式接力。五十公尺蛙式，中國最有潛力的小將明天因為要參與團體項目，所以放棄了這個個人項目。而一千五百公尺自由式一直是祁睿峰的強項，只要不出意外，金牌非他莫屬。

收官之戰是四乘一百公尺混合式接力。這個項目顧名思義，就是四棒選手按照仰式、蛙式、蝶式、自由式的順序游接力。在亞洲，這個項目的冠軍大多數都落在日本人頭上，因為日本人雖然自由式不夠好，但前三棒都很出色，即使在世界級的賽場上，日本的表現也很亮眼，往往能摘得前三。當然，由於自由式的瘸腿，他們總是拿不到金牌。

不過，中日在這個項目的交鋒上也有一次例外，那就是上次亞運會。那次亞運會有中國蛙王宋樂，還有唐一白游蝶式，而仰式的趙越也正處於巔峰狀態，所以前三棒游下來，並沒有落後太多，為最後一棒的祁睿峰留下反超的機會。那一次也是險勝。

現在，宋樂已退役，唐一白已轉型，而趙越隨著年齡的增長，不復當年驍勇。幸而現在壓軸的唐一白比當時的祁睿峰還快，所以今天這個項目中國隊也並非全無希望。

雲朵在賽前把雙方個人成績加加減減了半天，最後得出結論：在前三名隊友都發揮很好的前提下，唐一白需要在最後一棒游出比松島由田快 0.75 秒以上的成績，才能確保中國能爭到這塊金牌。

這看起來有點難為人，不過也並非毫無可能，至少昨天他就做到了——昨天一百公尺自由式，他的成績比松島由田快了0.8秒。

但這只是留了一點希望給人，因為狀態這種東西有點飄渺，往往到了一個高點就難以為繼。他昨天刷新了自己今年的個人最好成績，這個數字能不能在今天繼續刷新，需要打一個大大的問號。

不管怎麼說，希望還是有的，糾結也是有的。賽場上存在著各種可能性，不到最後一刻，誰也不知道最高榮譽花落誰家。

這就是體育競技的魅力所在吧。

就在雲朵還在糾結中國隊拿金牌的概率時，上午預賽之後，她得知了一個壞消息：中國隊游仰式的趙越因為在接力賽預賽中意外受傷，將在決賽中退出比賽。

這簡直是一個噩耗。趙越雖然狀態下滑，但目前在中國，他依然是游仰式最快的。他不能比賽了，誰來游第一棒？

媒體為此操心，游泳隊也在糾結。趙越是最合適的人，即使是他都不太保險了，何況是換了更慢的？領隊帶著教練和唐一白幾個隊員在一起討論，討論來討論去也沒有結果，剩下的幾個仰式隊員根本沒有能進亞運會決賽的，而他們的對手是日本名將長谷秀也，上屆奧運會冠軍，到時候以卵擊石，第一棒落後太多，後面三棒都不用游了。

後來唐一白說，「要不然讓馬若凡試試？」

馬若凡是游混合式的。他之前從日本名將田中勇氣手中搶了一塊銀牌，那場他發揮得相當不錯。

混合式包含四種泳姿，馬若凡自然也可以游仰式。領隊拿馬若凡的仰泳成績合計，感覺至少還有點希望。不過馬若凡和明天同年紀，卻是第一次參加大賽，狀態可能不穩定，就是不知道這次他發揮得怎麼樣。

下午四個隊員碰面交流，馬若凡對唐一白說：「謝謝一白哥。」他知道是唐一白建議他游第一棒的。

唐一白笑，「謝什麼，好好游你的。」他依次看了看馬若凡、明天和鄭淩曄，忍不住為他們感到悲傷。這三個倒楣孩子年紀都不大，面對的卻都是世界級選手，真是不知道該說什麼才好。相比之下，那個松島由田確實不夠看。

當然了，前三棒累積下來的差距，給他造成的壓力也絕不會小。

總之，四個人，每個人都是頂著巨大的壓力來參加這場比賽。唐一白估算了一下，如果前三棒能夠把和日本隊的差距控制在0.8秒以內，他還是有反超的把握。這個數字他沒和隊友們說，怕他們太緊張。

晚上七點半，其他三十七個項目已全數塵埃落定，本次亞運會的收官之戰即將拉開序幕。從運動員入場開始，整個會場就一直爆發掌聲和尖叫，這是中日之間最後一場對決，也將是最精彩的一場對決。

日本媒體此前將這場決賽稱之為「復仇之戰」，要報的是上屆亞運會他們大意失金之仇。而中國的部分泳迷將這次收官之戰稱為「絕地反擊」，畢竟中國拿金牌的希望不算大。而且，根據獎牌統計榜，中國男子游泳隊目前拿到了六塊金牌，略遜於日本隊的七塊，那麼最後一戰在日本的主場上，如果中國隊不能贏得冠軍，男子游泳隊追平日本的目標不僅又將落空，還會把差距拉到兩塊金牌，和上次亞運會相比了無長進。

那樣的結果就太打臉了。

所以最終的結果到底是中國打日本的臉，還是日本打中國的臉，每個人都有自己的答案。這，將是一場生死之戰。

馬若凡抓著出發臺上的握手器，兩腳蹬著池壁，神經緊繃。身旁是世界名將長谷秀也。待在仰泳霸主的身邊，馬若凡的目光前所未有地堅定。

儘管一白哥並沒有要求什麼，但馬若凡還是為自己訂定了一個目標：在這一棒，他要把自己和長谷秀也的差距控制在 0.4 秒以內。這個任務前所未有的艱巨，但他一定要完成。

我可能贏不了你，然而我們一定會贏你們。

出發哨響後，他像一隻矯健的海豚後拋入水。

根據現場的電子計時器來看，馬若凡的出發速度是 0.58 秒，比長谷秀也還快了 0.03 秒。

這個小將的狀態很好，許多人這樣想。

馬若凡的狀態確實不錯，一開始在水中還保持了一段時間的領先，後來才被技高一籌的長谷秀也反超。馬若凡拚盡力氣游到終點時，看了一眼時間差。

正好 0.40 秒。

他有點遺憾，沒有游得更好，不過這個成績也足以交差了。

應該不會辜負一白哥他們吧。

馬若凡到終點時，雲朵忍不住暗叫一聲「好」，作為記者，她當然知道各個運動員的成績水準，馬若凡今天算是超常發揮了。

第二棒是明天。中國泳迷們對明天寄予厚望，畢竟他前天才幹掉了日本名將岡本大郎。

可是這一棒下來，明天丟了 0.36 秒，中日兩國的差距一下子擴大到 0.76 秒！

這也不能怪明天，狀態這種東西並非召之即來，明天也不可能每次都超常發揮。

但是……0.76 秒啊！

雲朵的心在滴血，這才第二棒，已經差 0.76 秒了，那麼第三棒的鄭凌曄呢？誰也不敢指望鄭凌曄能游過日本人，也就是說這個差距還會進一步拉大。

鄭凌曄、鄭凌曄、鄭凌曄……雲朵在心裡默默地念叨他的名字，她多麼希望鄭凌曄可以突然爆發，反攻日本名將。

鄭凌曄用成績詮釋了什麼叫做「四平八穩」，他游得不好也不差，在這一棒輸給日本人 0.22 秒，也就是說他到終點時，唐一白會比松島由田晚 0.98 秒入水。

啊啊啊啊啊！雲朵好絕望，0.98 秒！將近 1 秒鐘了！根本沒留反超的機會給唐一白！她急得兩眼放光，狠狠地抓著林梓的手臂。林梓疼得直咬牙，「妳要捏死我嗎！」

雲朵置若罔聞，只是死死地盯著泳池中的他。

沒有人懷疑唐一白比松島由田游得更快，但是幾乎沒有人相信他能反超。

實在是差距拉得太大了。

雲朵的心口又酸又疼，特別想哭。這是一個團體項目，0.98 秒的差距不能怪隊友，實在是對手太強悍。可是留這麼大一個缺口給他，給游得最快的他，雲朵一想到此，就特別特別心疼他。

然而，看著翻飛浪花裡那具像馬達一樣不休不止的身體，她知道，如果說這一刻唯有一個人沒有放棄希望，那一定是泳池中的他。

他還是游得那麼快，寸寸逼近對手。但是有點太快了，這才前五十公尺，雲朵真擔心他後五十公尺還有沒有力氣。

轉身，回游。唐一白突然又加速，儘管松島由田緊跟著也加速了，然而兩人的差距以更快的速度縮小了！

現場的觀眾抖著旗子、吹著哨子賣命尖叫，泳池中的英雄們自然聽不到。

此刻唐一白的世界是安靜的，安靜得只有水。

水是我的朋友，也是我的敵人，是我的玩伴，也是我的導師。是我的起點，也是我的終點。

我的對手永遠只有一個，那就是水。

我會征服你，我的對手，我的朋友。

我，才是水中的王者。

單邊呼吸法，能使人更容易保持直線運動，比雙邊呼吸減少呼吸次數，也可以直接提高游泳的速度。代價是空氣吸入太少，體力驚人地消耗。

唐一白的頭偏向左側，單邊呼吸，完全不看右側的松島由田。由於體力消耗過大，他感覺自己的肺部像是有一團熊熊烈火在燃燒。

從未這麼痛苦。

但那又怎樣？

既然呼吸會影響速度，那就不要呼吸了。

他屏住了呼吸。

最後的二十五公尺，在剛剛提升速度後，唐一白突然又加速了！現場觀眾除了覺得不可思議，還是不可思議。中國觀眾區已經沸騰得有如一鍋滾水，各種瘋狂的吶喊像聲波武器一般，幾乎要刺穿人的耳膜。泳池中的唐一白像是一頭急速掠食的鯊魚，在翻滾的浪花中一往無前，頃刻間追平了對手。

觸壁！

全場幾乎所有人都看向了電子螢幕。

中國隊，總成績3分31秒42。

日本隊，總成績3分31秒55。

「嗷嗷嗷！我們是冠軍！冠軍！」中國觀眾幾乎全部跳了起來，抖動著旗子歡呼。

雲朵瘆澀的眼眶終於濕潤了，眼淚啪嗒啪嗒地掉下來。她捂著嘴巴，激動得睫毛微微顫抖。他做到了，他真的做到了！最後一棒比松島由田快了1.11秒，這才是真正的驚天逆轉！

錢旭東正在拍唐一白出水的瞬間，一邊拍一邊喃喃自語，「這小子是要逆天吧？」

拍完照片，看到雲朵淚流滿面的，錢旭東悄悄翻了個白眼，「妳好樣的！」

雲朵卻無法控制自己的眼淚，只好任由它們流。

林梓嘆了口氣，遞一包紙巾給她。

唐一白走過來時，看到雲朵的眼睛紅紅的，顯然是剛剛哭過。那一瞬間，他贏得比賽後的喜悅退卻了，胸中突然湧起一股怒氣，擰著眉看向她，「誰欺負妳了？」因為剛出水，心率還不穩，說話喘著粗氣，所以他的語氣顯得有些霸道，甚至帶了點狠勁。

舉著麥克風看著他的電視臺記者愣住，少年你是在接受我的採訪好嗎！

雲朵一張嘴，眼淚又掉下來，她一邊掉眼淚一邊笑，「我太高興了，唐一白，我為你感到驕傲。」

她梨花帶雨的樣子很漂亮，唐一白怔了一下。隨即，他眉目舒展，笑了。

電視臺記者先採訪馬若凡他們了。本來她也打算先採訪他們，只是由於唐一白剛才表現得太好，又走在前面，讓她有點心急。

唐一白往一旁站了站，手越過林梓，把雲朵拉到自己面前。

他輕輕歪了一下頭，細細打量她，然後笑著說：「不要哭了，更像小兔子了。」說完就忍不住舉手想幫她擦眼淚，手舉到一半時，他突然意識到身邊還有好多人。四下一望，許多人都在一臉八卦地看著他們倆。

雲朵有些不好意思，胡亂擦了一下眼淚，帶著鼻音說：「你今天游得太好了！」

「喜歡嗎？」聲音很低，似乎只有他們兩個能聽到。

雲朵重重一點頭，「喜歡！」

「喜歡誰？」

她張嘴，差一點脫口說出「你」，幸好發覺到不妥，及時把這個字吞回去。她仰頭，愣愣地看著他，眼睛瞪得特別大，表情有點呆。

唐一白笑得有些不懷好意。

電視臺記者採訪完另外三名隊員，一看唐一白，正和記者女孩閒扯淡呢，這位真是不放過任何勾搭女孩的機會。電視臺記者親切地叫他過來。

記者問：「覺得自己今天表現得怎麼樣？」

唐一白回答：「我隊友和我今天的表現都很出色，面對世界級的強敵穩定發揮，甚至超常發揮，我覺得很棒。而且除了我之外，另外三個隊友都還不到二十歲，他們是中國隊的未來。」

「在泳池出發前有沒有想過自己會拿冠軍？」

「沒想那麼多，不過賽前我們都很有信心，覺得我們有實力贏日本隊。」

記者又問了兩個問題，等唐一白答完之後，她突然特別想問一句「你和那個叫雲朵的小記者是什麼關係？有沒有姦情？」，當然了，最後肯定是守住了節操。開玩笑，當著全國觀眾的面挖掘運動員的情史，她以後還要不要吃這碗飯了。

就這樣採訪完畢，唐一白臨走時朝雲朵擠了一下眼睛。

這次該收到他的信號了吧。

雲朵覺得自己可能被唐一白調戲了，她也不知道要怎麼調戲回來。小心臟撲騰亂跳，像剛學會跑的小鹿。還有最後那個示威的眼神。哼哼哼，等著吧，姊早晚會調戲回來，今天先放你一馬……

就這樣，兩人的腦電波又錯過了。當晚，唐一白提著一個盒子站在西牆等了好半天，沒等到雲朵。那個盒子裡是他託向陽陽去買的最新款、最強大的錄音筆，是準備補送給雲朵的生日禮物。

結果她還是沒來。

事到如今唐一白不得不承認，他和雲朵一點默契都沒有。

一定是因為兩人還沒有成為正式情侶，所以要趕緊表白。

表白，是人生的大事，一定要選擇好的時間、好的地點，以及浪漫的氛圍。

不過，作為一位知名運動員，可以自由選擇的時間真的不多。

沒關係，明天他就要回國了。據他所知，接下來雲朵在日本也沒什麼工作，所以明天也會回去。到時候，他們就可以在家裡見面了。

到了他的地盤上，還不能隨他為所欲為嗎……

這樣的暢想填平了他沒看到雲朵的遺憾，於是他高興地回去了。

※　※　※

第二天，國家游泳隊搭乘的航班在上午十點多抵達B市，唐一白一直低著頭，在大腦裡完善自己的表白計畫，不知不覺間落在隊伍的最後。祁睿峰在前面和向陽陽打打鬧鬧，也沒在意他。

他跟著大部隊走到出口時，冷不防一大片照相機的閃光燈突然撲到他身上，像是連綿的閃電。唐一白瞇了瞇眼睛，稍稍偏過頭，等待眼部的不適消除。

記者們卻蜂擁而至，幾乎要把他包圍，許多麥克風伸到他面前，像是雜生的灌木樹枝。緊跟著麥克風的是不少錄音棒和錄音筆，由於長度所限只能稍占其次，還有人開著智慧型手機進行採訪。

唐一白看了看眼前擠來擠去的記者，再看看他們身後一台台黑漆漆的攝影機。儘管他一向沉穩淡定，此刻也有點被嚇到了。

記者A：「唐一白，你知不知道自己已經成為全民偶像，請問你現在是什麼感受？有什麼想對粉絲說的？」

我不知道。

記者B：「唐一白，你覺得是什麼使你取得現在這樣的成績？接下來有什麼計畫？」

計劃表白。

記者C：「唐一白，我代廣大女粉絲問你一句，你有沒有女朋友？」

很快就有了。

記者D：「唐一白，你理想中的女孩是什麼樣的？」

雲朵那樣的。

記者EFG……

儘管唐一白在心目中把這些囉嗦記者的問題回答了一遍，但他一個字也沒說出來。回國之前伍勇警告過他，下飛機後不要隨便接受記者採訪，教練會幫他安排合適的專訪。當時唐一白以為這次還會像以前一樣，記者的目標主要是峰哥，對他唐一白的採訪完全是抓漏網之魚。

現在看來他真是太天真了。

記者把他圍得水泄不通，唐一白也不能這樣跟他們耗著，他朝記者們歉意一笑，「對不起，我現在不能接受採訪。」

記者們都當沒聽到這句話，繼續聒噪。

唐一白心想，這些記者一點都不如雲朵可愛。

幸好伍總回過頭來解救他了，師徒兩人合力逃出重圍，在路上看到祁睿峰同樣被一幫記者包圍著，兩人好心地順手解救了他。

好不容易要上車了，也不知道從哪裡湧現一幫粉絲，再次把他們圍了起來，各種求簽名求合照求擁抱。唐一白認為自己已經是一個有主的男人了，不能擁抱其他女人，因此把求擁抱的都拒絕掉了。

然而簽名合照是拒絕不了的，他簽得手都快斷了，奈何粉絲們的熱情太高漲。有個女粉絲甚至要求唐一白把名字簽在她胸口上，唐一白笑著不動，「妳男朋友會打我的。」一句話把周圍的人都逗笑了，女粉絲也不好意思再強求。

終於應付完粉絲，他們坐上了歸隊的專車。

其實唐一白和祁睿峰今天都不打算歸隊，祁睿峰要轉機回家，但他回家的航班在另一個機場，需要穿越B市，因此現在他就是搭個順風車先回市區。唐一白也類似，他要先回家，只不過現在這條件，他和祁睿峰都不能等計程車了，先逃離機場為妙。

中午回到家時，唐一白的腳步是輕快的，心情是忐忑的。他推開門，並沒有看到他心中的女孩，只看到一條蠢狗，正叼著一雙拖鞋朝他瘋跑過來。

真的好想一腳把這隻笨狗踢開啊……

顯然，二白的想法也類似。這次看到是唐一白時，牠在半路來了個緊急剎車，叼著鞋轉身走了。

唐一白傻眼。

二白把拖鞋放回自己的窩裡藏好，才搖著尾巴過來假惺惺地討好唐一白。唐一白理也不理牠，走進客廳看到媽媽坐在沙發上看雜誌，廚房裡有聲音，應該是爸爸在做飯。

沒有雲朵。

其實從剛才二白的反應就可以看出來，因為雲朵在時，二白是不會藏她拖鞋的。

路女士抬頭看看兒子，「回來了？」

「嗯，媽。」唐一白把行李放回書房，經過雲朵房間時，不甘心地貼著耳朵聽了一會兒，裡面什麼聲音都沒有。

唉。

唐爸爸圍著圍裙從廚房走出來，路過他們的房間時不小心瞥到這一幕，皺眉抱怨：「豆豆，你怎麼越來越變態了！」

唐一白無言以對。

雖然兒子越來越變態，但到底是親生的，所以唐爸爸還是準備了豐盛的午餐，為兒子接風洗塵。坐在飯桌旁時，唐一白問：「雲朵沒回來嗎？」

路女士眨了一下眼睛，挑眉笑望著唐爸爸，「我贏了。」

唐爸爸心服口服地拍出一張鈔票給她。

唐一白一頭霧水，「到底是怎麼回事？」

「沒什麼，」唐爸爸解釋道：「我和你媽媽在打賭，看你能忍多久才問起雲朵。我賭一個小時以上，你媽媽賭半個小時以內，現在你堅持了……」他說完看一眼手錶，「你堅持了十五分鐘。」

唐一白搖搖頭，「無聊。」

路女士：「你不無聊，所以你一定也不想知道雲朵到底去哪裡了這麼無聊的問題。」

「媽……」

「好了，」唐爸爸看不下去了，「雲朵當然是回家啦，她國慶沒放假，採訪完後要補假，所以她直接回家了。」

唐一白有些失落，「她怎麼沒和我說呢？」和他爸媽說，卻都不和他說……看來他在她心中的地位還需要提高一點啊。

唐爸爸說道：「豆豆，我們看了你的比賽直播。」

「真的？」唐一白有點意外，看看爸爸又看看媽媽。

路女士夾著菜，看也不看他一眼，卻說道：「嗯，游得還不錯。幫國家爭氣。」

唐一白笑了。他一直很希望能夠獲得父母的鼓勵。

「不過呢，」唐爸爸突然壓低聲音，一臉八卦地看他，「你在泳池裡像打了雞血[1]似的，是不是因為有雲朵在一旁看著？」

「爸，你想太多了。」唐一白裝出一副漫不經心的樣子，大口吃著菜。

「喔，」唐爸爸若有所思，「看來我確實想太多了。很好，等雲朵回來，我就把她介紹給我們公司的小劉，那個年輕人——」

「爸！」唐一白突然急切地打斷老爸。他神色嚴肅地看著唐爸爸，「你只能把雲朵介紹給我。」

唐爸爸舉著筷子笑開了花，「哈哈哈，你終於承認了！」

路女士也沒忍住，笑了。

既然都承認了，唐一白索性不要臉面，鄭重說道：「爸、媽，我不在的時候你們要幫我看好她，不要被別的男人拐走了，尤其要防備一個叫林梓的人。拜託了！」

「林子？你放心，這名字一聽就是跑龍套的，註定不能成為主角。」

唐一白扶著額，「希望你的理論管用。」

吃過午飯，唐一白傳了訊息給雲朵：在家？

雲朵：嗯。你呢，回國了？

唐一白：嗯。

雲朵：有沒有被記者攔住？我現在一打開電視，到處都是你（偷笑）

唐一白：別提了。

雲朵：你要習慣啦。以後你都是名人了，出門記得戴墨鏡口罩。

唐一白：＝＝

唐一白：今天有記者追問我喜歡什麼樣的女孩。

雲朵：（⊙_⊙）

此刻雲朵的心情絕對不像這個表情那麼輕鬆，她的心跳有點亂了，打字的手指都在微微發顫。她目光盯著手機螢幕，一字一字地打出一句話：那你怎麼回答的？

唐一白：我沒有回答。

雲朵：-_-|||

雲朵：白白燃燒起八卦之火。

唐一白：教練不讓我亂說話。

雲朵：不管，你點的火你要滅掉。所以你到底喜歡什麼樣的？

傳出這句話，雲朵屏息盯著螢幕，心房又開始小鹿亂撞了，她想像著他的眉眼，他好看的笑容，他溫柔的目光。

突然很想念他，想抱一抱他，在他寬闊溫暖的懷抱裡稍作停留。

她看著聊天視窗上顯示的「對方正在輸入」的狀態，當這個狀態消失時，她看到了他的回覆。

唐一白：妳回來，我告訴妳。

看到唐一白那句曖昧不清的話，雲朵的臉終於還是紅了。她無法不想像他說這句話的樣子——一定是眉目溫柔的，他彎著唇角，低頭望進人的眼睛裡，春水般的眸光能讓任何女人溺斃於其中。

也許會笑，不過多半會笑出幾分戲謔，讓你恨不得推開他，又忍不住靠近他。

雲朵雙手捧著手機，紅著臉窩在沙發上。她忍不住仰天長嘆：這回真的是陷進去，爬不出來了！

雲媽媽走過來坐在她身邊，探究地看著她問：「男朋友？」

「不是。」雲朵放下手機。她最終沒有回唐一白，實在是有點招架不住，不知道該如何回答。

「不是男朋友就給我去相親。」雲媽媽說道。

雲朵忍不住哀嚎，「媽，妳就讓我清靜幾天不好嗎？我不想相親。」

「可是我想看到妳男朋友。」就只有這點娛樂了。

雲朵咬了咬牙，「媽，等過年的時候我帶個男朋友回來，行不行？先說好，我再也不相親了。」

「緩兵之計。」雲媽媽一句話戳破了她。

「真的真的，我看上一個男人，人很好，等我把他拐到手給妳看，好不好？」

雲媽媽狐疑地看著女兒，「真的？什麼樣的人，有多好？」

「嗯，就是他。」雲朵指了指電視。電視上正在播放關於唐一白的新聞，主播不厭其煩地陳述唐一白的豐功偉績，畫面是唐一白今天回國時被媒體和粉絲圍堵的情形，儘管他並沒有回應現場的任何採訪，但光是這些畫面就已經具備足夠的話題性，不少電視臺都在播。

雲媽媽語重心長地勸雲朵，「孩子，有目標是好事，但妳最好不要把目標定得太高，否則會失望的。」

雲朵囧了囧，「媽，我知道。」

雖然雲媽媽不贊成雲朵「目標定太高」，不過終於也沒有逼她相親了。當媽的也看得出女兒根本沒那個心思，也就不強求她了。

雲朵過了幾天平靜的日子，突然有一天，她接到了林梓的電話。

林梓：『雲朵，我現在在N市。』

雲朵：「林梓，你怎麼來了？」

『來找妳。』

「……」

見雲朵一直不說話，林梓小心地說，『如果妳不方便見我，那就算了。』

雲朵連忙搖頭，儘管林梓並不能看到，她說：「不是不是，我不是這個意思，我剛才只是有點驚訝……你怎麼沒說一聲就來了？」

『突然想看看妳。』

有那麼一瞬間，雲朵是被觸動了，畢竟被人惦念的感覺滿好的。她收拾了一下便出門去找他，林梓不想要她大老遠地跑到機場，兩人便相約去棲霞山景區外碰面。反正雲朵答應過林梓要帶他去棲霞山玩。

儘管雲朵離棲霞山很近，但是她在路上塞了好一會兒的車，所以兩人差不多同時到達景區。林梓先找了個飯店放行李。

雲朵發現，林梓確實是想去哪裡就去哪裡，想幹什麼就幹什麼，說走就走，從來不猶豫的人，十分任性，也十分令人羨慕。畢竟人活一世，身不由己的時候多，像他這樣隨心所欲的，怎能不讓人嫉妒呢。

棲霞山素有「金陵第一名秀山」的美譽，也是著名的賞楓景點。不過現在楓葉還沒有完全變紅，所以雲朵有點小小的遺憾，不能讓林梓看到最美的棲霞山。

林梓倒是看得頗有興味，此地林木多姿，山澗如練，鳥鳴幽幽，風景如畫，雖然楓林只染了一層薄醉，山裡的景色倒也十分宜人。

其實景色好不好看不重要，重要的是和誰一起看。

林梓早就意識到這一點。他想和她一起看景色，看遍這天下的景色。

微微偏頭，看看她俏麗的臉頰。由於山中露水濃重，她的劉海已被打濕，此刻淩亂地貼在額上。因為爬了山，她的臉色俏紅，像一朵水分飽滿的荷花；一雙黑亮眼睛靈氣逼人，眼皮微微一掀，看向他：「怎麼了？」

林梓搖頭笑了笑，「沒什麼，只是突然覺得妳很漂亮。」

「咳。」沒有女人不愛聽這種話，雲朵自然也不例外。她害羞地摸了一下臉蛋，「真的嗎？」腦中閃過的第一個想法竟然是，她能不能配得上唐一白的美貌……

真是沒救了。

兩人後來停在明鏡湖邊看風景。雲朵跟林梓說了她小時候的事情。

她那時候才上二年級，由於她比同齡人早上學，所以是班上最小的一個。小時候發育也不好，個子矮矮的，也不知道後來是怎麼長到一百六十七公分的，總之那時候她是班裡最弱小的一個。

二年級的秋天，老師辦了秋遊，秋遊的地方正是棲霞山。小學生到了野外就是不顧一切地玩，雲朵當時完全無組織、無紀律，和兩個小夥伴追著蝴蝶玩，結果追著追著就不小心脫隊了，找不到老師。三個人晃來晃去，來到明鏡湖。

她當時很傻，在湖邊也不知道害怕，玩著玩著就失足落水了。

掉進水裡她才想到要害怕。那種恐懼來自本能，整個世界都混亂顛倒了，冰涼的湖水像毒蛇一樣纏在身邊，又瘋狂地往她嘴巴、鼻子裡鑽。嗆水之後她好痛苦，她拚命掙扎，然而徒勞無功。最後她的世界完全暗下來，那一刻她想到了死亡。

驚恐的感覺鋪天蓋地而來，將她吞沒。

她似乎也聽到了岸上兩個小夥伴的哭聲，但是當時那兩個小孩已經完全傻住了，哭了一會兒才想到要找人救命。

冰冷與黑暗中，雲朵感覺到有人托起了她的身體。

後來根據小夥伴的回憶，她可以肯定，當時那個人的動作很科學。他從她的身後靠近，手臂從她腋下穿過，手臂按著她的胸口，先將她拉出水面，然後拖著她向後游。

他的手臂很細很短，身體也小小的，還是個孩子。

但是他卻像個大人一樣臨危不亂，拖到岸邊時，由於湖岸太高了，他一個人不能保證能把她弄上岸，便在水中高喊：「有人嗎？幫幫忙！」

此刻留在岸邊的那個小夥伴打算出手幫忙，那個孩子卻說：「妳太小了，去找個大人來。」

「嗯！」她特別聽話。

這時，那個跑出去找老師的小夥伴也回來了，帶來了在路上撿的兩個成年遊客。熱心的遊客幫助水裡的孩子上了岸，還進行了急救，確定雲朵無性命之憂後，他們幫幾個孩子找到了老師。

這些事都是同學們告訴她的。她當時一直昏厥著，到醫院才醒來。她爸爸媽媽快嚇死了，在得知雲朵是被一個小英雄救了之後，就向老師打聽那個小英雄的姓名，希望去謝謝人家，還想弄個錦旗什麼的，好好宣揚一下小朋友的英雄事蹟。

然而老師並不知道。

當時場面太混亂，救人的小孩不知道什麼時候自己走了，他們沒能問到他的名字。

只知道那個小孩年紀不大，只有小學一二年級的樣子，長得很好看，讓人特別想拐回家當親兒子養的那種，很好看。

這成了雲朵一家人的心病。多年來，他們一直希望能夠找到那位救命恩人，想記住他，當面謝謝他。但是這個城市這麼大，想找一個沒有留下任何線索的小孩太難了，而且孩子的長相也會隨年齡的增長變化，過越久越難。

因此，這麼多年來，雲朵一家都沒找到她的救命恩人。

這件事的另一個後果是，雲朵從此得了恐水症。一見到大面積的水就頭暈、心慌、害怕。這是心病，她一直沒能克服。

講完這件事，雲朵對林梓說：「現在你相信我是真的暈水了吧？」

林梓點點頭，「我也想謝謝那個人。」

「嗯？」

林梓看著她，「因為他，我才能見到妳。否則妳早就投胎了。」

雲朵被他逗笑了，擺擺手，「那等我找到他，給你一個機會請他吃大餐。」

「好。」林梓點了點頭。他望著平靜無波的湖面，輕輕喚了她一聲：「雲朵。」

「嗯？」雲朵偏頭看他，見到他神色平靜，目光深邃。

他說：「我想帶妳去看看我的妹妹。」

※　※　※

雲朵覺得林梓可能會帶她去墓地之類的地方看望他妹妹，畢竟，他每次提起妹妹都心情低落。卻沒料到，他帶她去了醫院。

安靜的醫院，白色的病房，像寂靜的雪原深處。雲朵一踏進寬敞明亮的病房，就看到病床上躺著的那個人。

她的五官和林梓手機裡的那張照片一樣，只是瘦了很多，臉色蒼白，幾乎沒有血色。

她閉著眼睛，神態安詳，像是沉睡著。但雲朵卻覺得她可能不是在睡覺，或者說，她可能一直都這樣睡著，沒有醒來。

雲朵看了一眼林梓，他臉色平靜，眼底的哀傷卻遮掩不住。他說：「四年了。」

雲朵有點難過。這麼年輕漂亮的一個女孩子，應該被人捧在手心裡寵著，過著那種燦爛肆意的生活。現在她卻躺在這裡，永遠無法睜開眼睛，像死去了一樣。雲朵抬手搭在林梓的肩上，輕輕拍了拍他的肩膀。她也不知道該怎麼安慰他，這種事情實在太沉重了。

雲朵一直覺得，成為植物人帶給家人的痛苦，比起直接死亡更巨大和深刻。死亡意味著結束，它是劇烈的創傷，卻有時間來撫平。而這樣不生不死地躺著，甦醒的希望如此渺茫，每一天都在失望，每一次失望都是折磨，這痛苦永無止境。

她忍不住為林梓感到心酸，眼眶都紅了。

林梓嘆了口氣，坐在病床前握起妹妹的手，輕聲說道：「小桑，我來看妳了。」

雲朵心想，原來他妹妹叫林桑嗎？

林梓又說，「小桑，我來介紹一下，這是雲朵。」

雲朵朝她揮了揮手，「小桑，妳好。」

林梓對雲朵笑了笑，「她比你大，妳可以叫她小桑姊。」

「喔，小桑姊。」

林桑躺在床上一動不動，對兩人的熱情互動沒有絲毫反應。

林梓對雲朵說，「小桑以前很愛說話。」

雲朵看不下去了，眼眶濕濕地說：「小桑姊會醒來的，到時候你別嫌她煩就好。」

這句話說出來，連她自己都不信。

林梓點了一下頭，「謝謝妳。雲朵，我想和小桑說些話。」

「嗯，我在外面等你。」雲朵說完，轉身離開。

轉身的瞬間，她無意間掃了一眼他們兄妹握在一起的手。林桑纖細蒼白的手腕上有一道粗重的疤痕。

雲朵出去之後，林梓握著林桑的手，輕聲問她，「小桑，妳覺得雲朵怎麼樣？」

安靜的睡美人依然無動於衷。

林梓笑了笑，「以前妳總是催促我找嫂子給妳，現在我把心上人帶到妳面前，妳睜開眼睛看看，好不好？」

他自說自話，也不指望她回答。嘮叨完畢，他鬆開她的手，輕輕地放回到被子裡。他的聲音沉了沉，說道：「小桑，我知道妳在想什麼。」

他站起身，「那個人毀了妳。我幫妳毀了他，好不好？」

1 打雞血：意指處於亢奮狀態。

第七章

緣分，妙不可言

雲朵回到租屋處時，引起了唐氏夫婦和二白的強勢圍觀。兩人一狗的六道目光嗖嗖嗖地往她身上飛，把雲朵看得莫名其妙。她摸了摸鼻子問：「幾天不見，叔叔阿姨你們……不會不認識我了吧？」

「哪裡哪裡，雲朵啊，快過來坐，吃點心嗎？我們自己做的喔。」唐叔叔招呼她。

雲朵走過去，看到桌上擺著黑森林蛋糕。她有些疑惑，明明她才剛回來，為什麼桌上已經放了三份蛋糕？難道另一份是給二白的？

路女士一眼看出她的心思，解釋道：「妳叔叔特意留給妳的。」

雲朵又受寵若驚了，「謝、謝謝。」

「謝什麼，快嚐嚐。」

三個人愉快地吃著蛋糕，二白在一旁瞪著一雙眼睛看看這個又看看那個，力圖透過賣萌分到一口吃的，然而並沒有人鳥牠。

都是壞人……牠趴在地上，委屈得快哭了。

路女士一邊吃著，一邊不動聲色地打量雲朵。小女孩長得很漂亮，身材也好，可惜不會打扮，總是馬尾辮、T恤或者襯衫、牛仔褲，都不常見到她穿裙子。

路女士一邊看，一邊思考雲朵穿什麼樣的衣服好看，她腦補了好幾個版本的雲朵，發現這女孩什麼風格都能掌控，再看看眼前，靠，真的很想在她那件T恤上戳個洞。

雲朵察覺到路女士的注視，覺得有些不好意思，「我弄髒衣服了嗎？」一邊說著一邊低頭檢查。

她輕輕抖了一下，不小心把掩在領口下的吊墜抖到衣服外，路女士看到之後頗為驚奇，「這個吊墜……妳自己買的？」

「不是，是朋友送的。」雲朵說著，捏了一下吊墜便放下。這個吊墜正是林梓送給她的那個高仿貨，她沒事戴好玩的。

「我看看。」路女士坐近了一些，仔細看著那吊墜的寶石和碎鑽。

雲朵笑道：「這是仿的，戴好玩的，雖然看起來很真。阿姨妳不要笑我喔。」

「這是仿品？這要是仿品，我——」路女士說到這裡突然頓住，像是想到了什麼，於是慢悠悠地靠回沙發上，一改方才的滿面驚疑，淡淡說道：「我也沒什麼可說的。」

雲朵笑笑，不疑有他。

路女士的眼珠卻開始轉動起來。臭小子好像說過，有個叫林子的路人甲在打雲朵的主意？送個正品珠寶卻打著高仿品的名義，那路人甲也真夠煞費苦心的，這麼努力真是令人感動，一定要想辦法亂一下。

於是路女士一臉神祕地看著雲朵，「送妳吊墜的這個人，名字裡不會有『木』字吧？」

雲朵驚奇了，「阿姨您怎麼知道？」

「我不是知道，只是這樣是犯忌諱的，妳看。」路女士掰著手指，隨編隨說，「鉑金是金屬性，寶石是土屬性，金剋木，木剋土，木屬性夾在金屬性和土屬性之間，處境十分艱難。木屬性的人不該買這類吊墜，也不該戴，更不該送。除非他名字裡除了木還有水，金生水，水生木，這樣就沒事了。」

雲朵被唬得一愣一愣了，「他名字裡沒有水啊，那怎麼辦？我的名字裡好像也有木？」

路女士擺擺手，「那沒事，『雲』本身就是水滴凝結而成，是水屬性，妳可以戴。但是這個東西是妳那個木屬性的朋友送的，妳最好不要戴著這個吊墜接近他，否則恐怕對你們兩個都不利。當然了，我只是隨便分析一下，如果他八字很硬那也沒關係。妳信則有，不信則無。」

雲朵其實不太相信這類五行八卦的東西，不過誰遇到這種事情都會想一下「萬一」，萬一成真了呢？她趕緊摘下吊墜，「那我以後不戴了。」

唐爸爸悄悄朝路女士豎起了大拇指：妳真會唬人。

然後雲朵和唐氏夫婦一起看電視。前幾天的電視新聞快要被唐一白洗版了，這幾天才稍微少一些。不過新聞減少不代表熱度減少，一般人對唐一白的好奇心依然高漲，只是現有的新聞已經挖不出新鮮的東西了，雲朵之前對唐一白的專訪和報導，這幾天被各大媒體變著花樣引用，導致她在媒體圈也小小地紅了一把。

劉主任之前還打電話給雲朵，恬不知恥地想讓雲朵再找唐一白專訪一次，雲朵覺得劉主任那是異想天開，就算唐一白答應，國家隊也不可能答應。唐一白現在紅成這樣，必然要走人上人路線，先出的專訪肯定是中央電視臺的。

現在，唐爸爸把頻道轉到中央電視臺，對雲朵說，「很快就要播豆豆的訪談了。」

「嗯。」這根本不出雲朵所料，不過她還是有點小激動，打起精神看電視。

路女士問雲朵：「妳知道為什麼他現在會紅起來嗎？得亞運冠軍也沒有很了不起，有那麼多人得呢。」

因為他帥啊，現在的顏控越來越多，美顏即正義嘛！而且他也有實力，別說中國了，連日本人、韓國人都把他視為亞洲短距離自由式的希望，他不紅簡直沒道理。

雲朵引用了陳思琪的一句話，答道：「他可能是史上最帥的運動員。」

路女士追問道：「妳也覺得他帥？」

雲朵覺得自己可能懂了路女士的意思。她低著頭，耳根有些發熱，小聲答道：「嗯。」

正說著，訪談開始了。電視機裡的主持人開始介紹唐一白，唐一白看著鏡頭，微笑著和大家問好。雲朵看到他的笑容，也忍不住笑了。

他好像與生俱來就有一種從容淡定的氣質，無論遇到什麼事情都不會慌張。哪怕是面對變態殺人犯，他也能冷靜地評估形勢、制定計畫，更遑論現在小小的電視臺採訪。面對主持人的詢問，唐一白侃侃而談，不多說一個字，也不會惜字如金，思路清晰，邏輯清楚，時而還能幽默一把。雲朵覺得等這個訪談播出後，肯定又有不少路人被他圈粉了。

真好。她托著下巴，一臉花痴樣。

這時，主持人問起了一個許多粉絲都非常感興趣的話題：『我們之前看你的報紙採訪，據說你選擇游泳的契機是因為救過一個人？那時候你的年紀應該不大吧？職業運動員一般都是從小開始的。』

唐一白點點頭，『對，當時只有七歲。』

主持人臉上難掩驚訝，『七歲嗎？七歲你就能夠救人了？自古英雄出少年啊！』

唐一白笑得有些不好意思，『哪裡，也是湊巧，當時溺水的也是一個小孩，否則以我的力氣，肯定是救不了成年人的。』

看到這裡，雲朵有種奇怪的感覺。她和唐一白的經歷還真是……有點相似啊。她小時候溺水，他小時候救人……等等！

雲朵突然想起自己的那個救命恩人也是個小孩，還是漂亮的小孩，和救人的唐一白多像啊……這個這個，不會那麼巧吧？

這時，電視臺主持人對唐一白說，『能不能詳細說說當時事情的經過？』

『好的。我七歲那年和爺爺一起去棲霞山遊玩，爺爺在跟路人下棋時我自己跑走了，到湖邊時看到有個小女孩溺水。我當時已經學會了游泳，也學了救落水者的要領，沒想太多就跳下去救人。其實孩子的力氣都不大，所以我當時是欠缺考慮，幸好那個小女孩比較瘦弱。』唐一白說到這裡，笑了笑，『小朋友們不要學我，如果遇到這種事，一定要第一時間找周圍的大人求助。』

看到這裡，唐叔叔點著頭滿面紅光，「我兒子從小就是個好漢！雲朵，妳說是不是……雲朵？」

雲朵已經震驚得說不出話來了。七歲，棲霞山，湖水……時間地點完全吻合，已經不需要過多解釋了，一定是他！是唐一白救了她！

天啊，這是怎樣的緣分！

她像是觸摸到了命運的絲線，絲線的另一頭牢牢地綁在唐一白手上。原來有些事情，是那麼早就註定的。

她短暫地失去了思考和言語的能力，此刻任何思維、任何語言都無法表述她內心的驚濤駭浪。她抓起包包，起身像風一樣跑了出去。

留下唐爸爸和路女士面面相覷，神情古怪。

※　※　※

雲朵在外面奔跑了一會兒，被秋天的涼風一吹，稍稍冷靜了一些。她按捺著心中的激動，打了通電話給唐一白。

無人接聽、無人接聽、無人接聽……

無奈之下，她只好又打電話給祁睿峰。

依然是無人接聽。

雲朵知道，他們應該在訓練。她知道自己不該打擾他，但是她控制不住，思緒在腦中瘋狂滋長，像狂草一樣，她一定要見他，一定要！

於是她打電話到伍勇教練那裡。

伍勇正看著唐一白做陸上訓練，聽到手機響時接起電話，「喂，雲朵？」

本來在認真做藥球訓練的唐一白立刻停下動作，豎起耳朵。

伍勇橫了唐一白一眼。

他講電話很快，簡單交談了兩句，掛斷電話後唐一白湊過來問道：「伍總，雲朵找我？」

伍勇翻了個白眼，這個臭小子太自戀，怎麼就一定是找你的？就不能是找教練交流工作問題？

好吧，其實確實是找他的……

伍勇說：「雲朵有急事需要見你。」

「正好我也想見她，她在哪裡？」唐一白說完，丟開藥球。

「你給我繼續練習！她坐車過來，要一會兒才到。你該幹嘛就幹嘛。」

唐一白「喔」了一聲，有些小失望。還要過一會兒才能見到她啊……不過呢，她一回來就急著見他，可見她也很想他。想到這裡，唐一白又高興了。

真是的，談個戀愛談得像神經病一樣，喜怒無常。

接下來的訓練，唐一白覺得時間像被拉長了，他等了好久，等得都快長出翅膀了才等到伍勇的手機第二次響起。

伍勇掛斷電話，朝唐一白擺了一下手，「去吧，她在大門口。」

「謝謝伍總！」唐一白跑得比兔子還快。

雲朵在計程車上待了幾十分鐘，現在情緒降了溫，又突然覺得有點後悔了，擔心自己這麼衝動會影響唐一白訓練。她在訓練基地的大門口徘徊了幾分鐘，便看到唐一白修長挺拔的身影跑過來。

「雲朵。」他走到她面前喊她。

雲朵一見到他又激動了起來，直勾勾地看著他說：「十月十九日。」

「什麼？」唐一白有些疑惑。

「你七歲救人那天，是不是十月十九日？」

唐一白想了一下，最後搖了搖頭，「這個我還真的不記得，總之確實是十月。雲朵，妳問這個做什麼？」

雲朵固執地看著他，「你救人的時候，岸邊還有一個小孩在哭，後來你沒辦法把溺水的孩子弄上岸，還叫她去找大人。然後你們是被兩個大人拉上岸的，對不對？」

唐一白有點驚訝，「這些細節我從來沒說過，妳怎麼知道？」

「我怎麼知道──我就是你救的那個人！」

唐一白震驚地看著她，試圖從她的表情中尋找一絲一毫開玩笑的證據。然而沒有，她情緒激動，眼眶紅紅的，聲線因為太過激動而顯得尖細，聲調都變了。

他扶著她的肩膀，「妳、妳……」實在太震驚了，他竟然也說不出話來。

雲朵擦了擦眼角，「唐一白，你是我的救命恩人。」

唐一白目光灼灼地望著她。原來，他們那麼早就相遇了嗎？緣分真是妙不可言，早早就讓兩道完全不同的生命軌跡形成交集。命運像漩渦一樣將他們捲在一起，這是天生註定的，註定他們要在一起。哪怕錯過了也會再相遇，相遇之後便再也無法招架，再也不能分離，眼裡再也看不到別人。

他突然感到怦然心動，扣在她肩頭的手微微用力，將她往身邊帶。

兩人貼得更近，雲朵的額頭幾乎要碰到他的下巴。

雲朵說：「唐一白，這麼多年來，我和我的家人一直在找你。我想謝謝你，謝謝你救了我。」

唐一白微微低頭，他的嘴唇幾乎快貼到她的髮絲上。他輕輕嗅著她髮絲間殘留的洗髮精香氣，是清新的檸檬味道。他的神智有那麼一絲恍惚，聽到她叫他，他只是淡淡地「嗯」了一聲。

妳是我的，我們註定要在一起，誰也不能把我們分離。他這樣想著，只覺得心口血氣翻湧，卻又纏繞著寸寸柔情，都要化作水，將他溫暖柔軟的心房包裹住。

雲朵繼續說：「我也不知道該怎麼謝謝你，這是救命之恩，不知道能怎樣報答。唐一白……」

唐一白卻突然打斷她，「救命之恩，是要報答。」

「嗯？」雲朵仰頭看著他。兩人離得那麼近，她甚至感覺到他的呼吸噴到了她的臉上。她因此紅了臉，有點心猿意馬，「我……不知道怎麼報答啊……」

「簡單，」他瞇眼望著她，「妳親我一下。」

雲朵張了張嘴，萬萬沒想到他的回答會是這樣。

「怎麼，連這個都做不到？我可是救了妳的命。」他說著逼迫的話，眼底卻浮起淡淡的笑意。

雲朵的臉徹底燒了起來。但是他對她有救命之恩，他提出這樣的要求一點也不為過。她於是咬咬牙，踮起腳，閉著眼睛靠近他。

唐一白低頭看著她紅成桃花瓣的臉蛋輕輕靠近，一動也不動，聞著她身上特有的淡淡體香，等著她的芳澤親近。她軟嫩的唇，就這樣輕輕貼在他的臉頰上。

那觸感很輕很軟，有點豐潤，癢癢的，一直癢到了心裡去。不夠，想要更多，但她卻一觸即分，很快就站回去，低頭不敢看他。

唐一白輕輕抬起她的下巴，逼她和自己對視。他灼灼地盯著她，輕輕舔了一下唇角，壓低聲音對她說：「忘了告訴妳，親臉不算。」

雲朵沒想到有人能夠耍賴成這樣，既恬不知恥又不拘一格。她不得已仰起頭，望著他溫柔愜意而隱隱有些熱烈的目光。那是一片濃烈的深海，而她是其中的游魚，深陷其中，不能自拔。

她痴迷地望著他，沒有動作。

唐一白等不到她的回應，只好自己動手豐衣足食了。他扣著她的下巴，視線落在她的唇上，緩緩地低下頭湊近。

雲朵的心房輕輕顫著，像是蝴蝶瑟瑟抖動的羽翼。她突然很緊張，緊張得腿都軟了，不敢看他，緊緊地閉上了眼睛。

他的吻卻遲遲沒有落下來。

雲朵睜開眼睛，看到唐一白正望著她身後的方向，臉色陰沉如濃濃的鉛雲。她有些疑惑，轉身望去，卻見到不遠處有一個人轉身背對著他們跑走。她看到那個人脖子上掛著相機。

原來是遇到同行了。

不過，這個同行的背影這麼猥瑣，一定是八卦記者。

唐一白放開雲朵，大步追了上去。腿長就是有優勢，沒一會兒就追上了那個小短腿，而雲朵趕到時，唐一白正抓著那個人的相機不放。

雲朵一看到那個八卦記者的臉，頓時驚叫道：「陳思琪？」

「雲朵？」陳思琪的表情也很驚悚，「我就覺得那個人看起來很像妳，沒想到真的是妳！你們……你們？」她伸出指頭，指指唐一白又指指雲朵，詢問的意思很明顯。

雲朵不知道該怎麼解釋。唐一白本來臉色很不好，見到兩人認識，神情才緩和了一些，問雲朵：「朋友？」

雲朵點點頭，「大學同學，現在是個娛樂記者。」

陳思琪朝唐一白搖搖手，笑得特別燦爛，「男神你好！我叫陳思琪。」

唐一白心想，誰管妳叫什麼。他現在有點討厭這些娛樂記者，走到哪裡都有他們，亂拍照，拍完還亂寫一通。託這些娛樂記者的福，他已經換過好幾個「女朋友」了。現在更誇張，這個人竟然打擾他的好事，簡直不能忍。

陳思琪見到唐一白擰著眉，隨時準備爆發的樣子，她也有點怕，連忙鬆手讓他把相機拿走，「好了好了，照片你自己刪吧。」

雲朵湊過來提醒唐一白，「照片刪掉之後還可以恢復，你看看這張記憶卡是空的嗎，空的就幫她格式化一下。」

陳思琪咬牙，「雲朵妳重色輕友！」

唐一白莞爾，低頭掃了雲朵一眼。他眉梢微微垂著，臉上有一抹淡淡的，自己無法察覺的寵溺。

陳思琪看呆了。能被唐男神這樣看一眼，死也值得了啊！

唐一白最後只刪了照片，然後把相機還給陳思琪，說：「我相信妳不會把我們的事情報導出去。」

「不會不會，絕對不會，男神你相信我！」陳思琪說完，舉著三根手指頭作指天發誓狀。

唐一白沒聽她發誓，帶著雲朵轉身離開。

陳思琪看著那兩人離去的背影，扶著一棵樹用腦袋輕輕地撞著樹皮，「哇靠哇靠哇靠！我為什麼要選擇演藝圈，為什麼是演藝圈！這麼優質的帥哥被雲朵泡走了！」

這邊，雲朵跟唐一白快走到基地大門口時扶了一下包包，「那個，我先走了。」

「急什麼，晚上一起吃飯。」

「嗯……嗯？那我晚上再過來。」

「不要走，」唐一白攔住她的去路，「我現在還要訓練，如果妳沒事幹，可以跟我進去，等訓練完我們再出門。」

雲朵搖搖頭，「這樣不好吧？好像沒有隊裡的允許，記者不能進入基地？」

唐一白笑望著她，「記者不可以，但家屬可以。」

他一句話，又讓雲朵臉紅了。他伸手來抓她的手，她有些不好意思，怕被人看見，抽了回來。唐一白卻固執地又把她的手搶回來，大大的手掌完全包裹著她的小手。見到她臉紅，他笑了，「害羞什麼？親了我就是我的人了。」

「別說了啊……」雲朵羞憤地別過臉去。

唐一白和雲朵手拉著手走進訓練基地，一路上吸引了許多人側目。基地裡的人大多數都認識唐一白，此刻見他不聲不響地帶著一個女孩回來，一點預兆都沒有，紛紛覺得詫異。只有徐領隊看到他們時，臉上蕩漾著一種「我知道得太多了」的優越感。他朝唐一白笑了笑，

「一白，這就是你的女朋友？」說完笑著打量雲朵。

「對。」唐一白答得特別乾脆。

「咳。」雲朵也不知道他怎麼就那麼毫無壓力地適應了這個新的關係，她現在的情緒還徘徊在因羞澀而導致的忸怩中，轉不過來。所以這一路她都是紅著臉走過來的，因為怕別人看到她臉紅，她只好低著頭。

徐領隊仔仔細細地看著雲朵，有些疑惑，「這女孩看起來很眼熟啊？」

雲朵只好自我介紹道：「徐領隊您好，我叫雲朵，是《中國體壇報》的記者。」

「記者嗎？」徐領隊乾咳一聲，不自覺地有些嚴肅，「雲朵，妳到裡面不要拍照，這是規定。」

「嗯嗯，我知道，您放心吧！」雲朵猛點頭。

被徐領隊放行之後，唐一白領著雲朵走進訓練館。訓練館內中央是泳池，周圍是一間間訓練室，不同的訓練室功能不一樣，器材五花八門，什麼樣的都有。當然，雲朵也只是從門口瞄一眼，她今天不是來參觀的。

她一路跟著唐一白回到了他的訓練室。

伍勇手下不只唐一白一個運動員，此刻訓練室裡還有其他人。唐一白回來時，訓練室內眾人的目光紛紛落在雲朵身上。

「嗨，你們好。」雲朵朝他們揮了揮手。她拽了拽被唐一白牽著的手，結果沒成功拽回來……

伍勇知道真相，此刻也不覺得奇怪，其他人則有些震驚，紛紛用探究的目光看著雲朵。

「我女朋友。」唐一白向他的師兄弟們解釋了一句。對別人宣告她是他女朋友的這一刻他期待很久了，此刻說出來，真是無比得意，走路都帶風。

眾人恍然地點頭，卻依舊一臉八卦地看著他們，期待有更多的解釋。

伍勇眉毛一橫，「看什麼看，都給我訓練！任務沒做完不准吃飯！」

這聲威脅雖換來一片哀嚎，卻也是立竿見影，眾人紛紛埋頭繼續苦練。

伍勇似笑非笑地看著唐一白，「還以為你捨不得回來了呢。」

唐一白笑了，「哪能啊，就算我想這樣，我們家雲朵也不答應。」

雲朵眉頭一跳，特別想把他嘴巴堵上。

伍勇也有點聽不下去了，「看看你，談個戀愛就油嘴滑舌！」

待在滿屋子的單身狗之中，唐一白只笑笑不說話。

他幫雲朵找了一張椅子讓她坐下，然後繼續自己今天下午的練習。其實他今天下午剩下的訓練內容不多了，第三次藥球訓練已經做完，接著要做幾輪平衡練習。單腿平衡練習、俯臥手抱頭，身體左右轉三十次，做三輪；手抱頭收腹，肘碰對側膝，三十次，做三輪，之後做做伸展。他覺得相對簡單的練習，在一般人看來也殊為不易，在一旁圍觀的雲朵看了一下就覺得身上的筋好疼……

完成今天的訓練之後，也到了用餐時間。唐一白抓著白色的毛巾擦了擦汗，對雲朵說：「我去洗澡換衣服，妳在這裡等我一下。」

雲朵點了點頭。

唐一白離開後，雲朵老老實實地坐在椅子上，看著門外來往的行人。運動員們的訓練時間滿一致的，現在這個時間，大家下午的訓練內容都陸陸續續結束了，因此門外來往的人很多。其中大部分的人雲朵都見過。

一個高大的身影走過去，視線似乎朝室內飄了一下，沒一會兒又倒了回來。

祁睿峰一手扶著門框，驚奇地看著訓練室裡的人，「雲朵？」

「是我啊。」雲朵點點頭。

他走進來坐在雲朵身旁的器材上，古怪地打量她一下，問道：「妳是來找唐一白的？」

「嗯。」

「喔，我去幫妳找他。」

「不用，」她連忙叫住他，「他等等就過來了。」

祁睿峰點點頭。

真巧，昨天唐一白還在惆悵該怎麼表白，今天雲朵就坐在他的訓練室裡了。祁睿峰撓了撓頭，又突然想起另一件事，於是翻了翻斜掛在肩上的背包，翻出一個手機吊飾來。

手機吊飾是橡膠做的祁睿峰Q版人物，他把手機吊飾拋給雲朵，「電視臺搞紀念活動，送了好多，妳是我的粉絲，所以我留了一個給妳。」

「謝謝，」雲朵接過來仔細端詳，然後笑，「比你本人可愛。」

「哼哼。」

她看到他包包裡露出一本書的一角，頓時像是被嚇到了。

「祁睿峰，你也會看書嗎？」簡直太難以想像了……

「嗯。」祁睿峰矜持地點點頭，見到雲朵好奇得像要炸裂開來，於是把書拿出來遞給她。

雲朵拿過來一看，有點傻眼了。

《狼性總裁的小萌妻》？這是什麼鬼啊！

她看看書的封面再看看他的臉，目光在兩者之間來回逡巡了好幾遍，最終問：「這本書是用來藏私房錢的吧？」

說完就恨不得打自己一下，清醒清醒——祁睿峰可是玩消消樂一路用錘子的土豪，人家需要藏私房錢嗎？

果然，祁睿峰用一種「妳不懂得欣賞」的眼神看著她，他說：「這本書很好看。」

「真的嗎？」雲朵翻了幾頁，一邊翻一邊問他，「你覺得哪裡好看？」

「代入感很強。」

「代代代代代入感？」雲朵簡直要嚇尿了，「大神你不要嚇我，你是怎麼做到把自己代入這個叫……冰雪兒的小女孩？」

「是東方昊天！我代入的是東方昊天！」祁睿峰像看白痴一樣看著她。

「喔，對對，」雲朵敲了敲腦袋，「霸道總裁嘛，對對對，絕對是你。」她安撫地說道。

然後她刻意看了看這個東方昊天的戲分，一邊看一邊忍不住笑，「啊哈哈哈這個人太蠢了，一點都不像狼嘛，更像一隻哈士奇。不過話說回來，哈士奇確實是外形最接近狼的汪星人，所以其實也不算錯啦。狼性總裁……這本書可不可以借給我看？」

「不可以，這本書是從向陽陽那裡借來的，我看完妳才可以看。」

「陽姊也愛看這種書？」

「對，她代入的也是東方昊天。」

雲朵覺得這個世界有點錯亂了。

正說到向陽陽，沒想到向陽陽就出現了。她從門口經過，手裡揪著明天的耳朵拽著往前走。明天疼得大叫，還好他的眼力比較好，看到訓練室裡的祁睿峰和雲朵就高呼道：「峰哥救命！雲朵姊姊救命！哎呦呦！」

向陽陽聽到雲朵的名字，果然倒回來往這邊看，見到雲朵，她很高興。

「咦，雲朵妳怎麼來了，是來找一白的？」

雲朵心想，是不是全世界的人都知道她是來找唐一白的啊……

祁睿峰說，「向陽陽妳怎麼又欺負明天？」

向陽陽氣道：「誰欺負他了，你不知道他幹的好事！喏，」她說著，攤開手給他們看，

「我花了一個多月編的手鏈，被他扯斷了！還沒吃飯就力氣這麼大，簡直討打！」

她手中躺著兩截紅色的細長編織物，花紋混亂，比蚯蚓粗一些，像蚯蚓一樣猙獰。如果她不說，雲朵很難相信這是手鏈。

祁睿峰說：「這麼難看的東西，弄壞了一點也不可惜。」

他說出了雲朵想說卻不敢說的話。

於是向陽陽打了祁睿峰的頭。

雲朵連忙說道：「陽陽姊，我可以教妳編更漂亮的。」用細線編手鏈是她國中時期的娛樂，簡直太小兒科了。

向陽陽聽到她這麼說，又高興起來，很快從口袋裡摸出絲線讓她示範。雲朵有點無語了，這些知名運動員出門訓練要嘛帶總裁小說，要嘛帶玩具絲線，好任性的感覺，她看看明

天，不知道這小朋友會帶什麼。

明天揉了揉耳朵，然後從口袋裡摸出一塊糖，撕開包裝紙把糖扔進嘴裡嚼幾下，呼——吐出一個大泡泡。

總覺得自己來的不是國家隊，而是國家隊附屬幼稚園……

與此同時，唐一白洗完澡換好衣服，沒有急著去找雲朵，而是鬼鬼祟祟地找到了伍勇。

伍勇有點疑惑，「你和我說說你這一臉打算去偷瓜的表情是怎麼回事？你不是應該去約會嗎？」

「伍總，我能不能拜託您一件事？」

伍勇翻了個白眼，「肯定沒好事！你說來聽聽。」

「是這樣的，我和雲朵今天是第一次約會，我想送她鮮花作為驚喜。」

伍勇氣呼呼地道：「你想送花關我屁事？你是故意炫耀的吧？欺負我單身狗一條？」

「不是，我……沒有花。」

「沒有就去買，這麼弱智的問題也問我，你小學沒畢業？」

「是這樣的，如果我買了花，雲朵就會看到，那就不是驚喜了。」

伍勇尋思了一下，頓覺恍然。他直勾勾地看著唐一白，目光有點悲憤，「老子活了四十年，還不如你這個毛頭小子會談戀愛！媽的！」

唐一白說：「所以伍總——」

「簡單，」伍勇擺了擺手，「你不是要花嗎？花壇裡有很多月季，自己去剪，出事算我的。」

唐一白黑線，剪個月季能出什麼事！他搖搖頭說，「我不要月季。」

「那你要什麼？」

「我要玫瑰。」

伍勇怒，「滾蛋，沒有玫瑰！」

「有的。」

「哪裡有？」

「袁師太養了一盆，就在峰哥他們的訓練室裡。」

伍勇知道這件事，袁師太那盆花養得很尊貴，要不然也不會在秋天還開花，而且開得特別水靈。伍勇一臉佩服地看著唐一白，「你膽子真肥，連袁師太的東西都敢妄想。你不怕她打死你嗎？」

「怕啊，所以想請您幫我把風，我就剪一朵。」

伍勇搖搖頭，「你都快成情聖了。」

唐一白今天剛拐到女朋友，隨時隨地地炫耀，「這就是為什麼我有女朋友，而你沒有。」

「……靠！」

袁師太還沒打唐一白，伍勇先把他打了一頓，打完之後兩人去了訓練室。伍勇在門外把風，唐一白進去剪了最漂亮的一枝玫瑰，然後仔仔細細地修剪，務必保證既好看又不會紮到雲朵的手。修好之後，他把這朵花小心地放在包包裡。

大功告成，他去找了雲朵。

雲朵在和向陽陽他們聊天，向陽陽、祁睿峰、明天三人都還不知道唐一白和雲朵已經在一起了，一聽說晚上他們兩個要吃飯，瞬間暴露了蹭飯的意圖。

雲朵不敢答應，好不容易等到了唐一白。

唐一白不用看都知道那三個傻子想幹什麼，他笑咪咪地說：「不好意思，今天我們要約會。」

三人張大嘴巴看著他們。那眼神有震驚，有恍然，也有淡淡的羨慕。

唐一白走過去牽起雲朵的手，在六道像鐳射一樣的目光掃射下，步伐從容地離開。

牽著女朋友的手，告別一幫單身狗……瞬間有種人生贏家的感覺呢。

——明明是來找救命恩人的，怎麼就變成男女朋友了呢……

不怪雲朵，實在是因為今天這件事情的發展太過跳躍，所以當唐一白牽著她的手走出訓練基地時，她還是有點不適應。

唐一白見她悶悶地低著頭，心裡一跳，小心翼翼地輕聲問：「雲朵，妳不喜歡我？」

「啊？」雲朵詫異地抬頭看他，看他一臉緊張，她心底一熱，知道這是他的在乎。她又何嘗不在乎他呢？

你喜歡的人恰好也喜歡你，這是最好不過的事情了。

想到這裡她有些釋然，搖著頭答道：「沒有啊。」

唐一白神色一鬆，「真好。我也喜歡妳。」

如此直率的坦白，令她微微紅了臉，撇過頭「嗯」了一聲。

唐一白很喜歡看她害羞的樣子，柔軟得像水，臉上一片飛霞，像霜秋高掛枝頭的紅蘋果，連圓潤的耳垂都紅起來，讓他特別想捏一捏，或是低頭蹭一蹭，親一親。

好吧，現在在大街上，他不能這麼做。

唐一白叫了一輛車，司機認出了他，興奮地幫自己女兒要了張簽名，然後唐一白意識到他忘記戴口罩和墨鏡了。到了五道營小巷，下車時他讓雲朵走在他面前，幫他擋著臉。

雲朵氣呼呼地扭頭看他，「欺負人啊！」她比他矮了二十幾公分，根本擋不住嘛！

唐一白笑著揉了揉她的腦袋，然後拉著她的手一路跑進那個青磚白牆的院子裡。那個院子其實是一家餐廳，專賣素食。

唐一白出來前伍勇提醒過他，不要在外面吃肉。他現在引起了全國人民的熱情關注，伍勇這個當師父的更加謹慎，絲毫不敢馬虎。於是唐一白徵求過雲朵的意見之後，選了這家素食餐廳。

餐廳的環境很雅致，四水歸堂，樹影交織，還有人工的白色霧氣，使人剛從外面的喧囂走進來時，都會有瞬間的驚豔和錯愕。

夕陽的光線照進來，在翠樹之間撒下一道道金色的光，映著薄霧的繚繞，安靜神祕，仙氣嫋嫋。

雲朵張了張嘴，喃喃道：「好漂亮！在這樣的地方吃飯，沒有肉也是可以接受的！」

唐一白笑道：「真抱歉讓妳吃不到肉，下次補上。」

雲朵大度地擺擺手，「沒事沒事，這個地方我喜歡。」

「妳喜歡就好。」

從唐一白進門，女服務生就認出了他。不過這裡的服務生都很有職業素養，就算認出來了也沒有騷擾，還很貼心地把他們帶到一個角落，這樣就不會被太多人發現啦。

過了一會兒，那個服務生又過來，說是餐廳經理知道唐一白來了，答應他們可以使用包廂。本來包廂是只能預訂的，不過恰好今天有一個包廂退訂了，因此唐一白他們才撿到這個機會。

雲朵忍不住感嘆：當名人就是好啊！

換到包廂之後，總算不用擔心被認出來了。唐一白把菜單遞給雲朵，讓她先點菜。雲朵點了兩道菜，然後唐一白拿過菜單又劈哩啪啦加了六道，接著又點甜點和飲品。雲朵有些擔憂，「會吃不完吧？不要浪費。」

「放心，不會浪費。」

很快雲朵就明白這句「不會浪費」絕對是實話，因為那個菜量真是……小到沒朋友啊！不過真的滿好吃的。

唐一白一邊吃一邊覷著雲朵，眼裡有著盈盈的笑意。雲朵被他看得很不好意思，摸了摸臉，「我臉上沾到東西了？」

「沒有。」他搖搖頭。

「那為什麼看我？」

他笑，「看到妳食慾就變好了，這叫秀色可餐。」

這個人實在太會誇人了，雲朵有些不好意思，低頭用小勺子輕輕攪動著面前的一小盅湯。

「你不也一樣秀色可餐嗎！」

「那妳怎麼不看我？」

雲朵抬頭看他一眼，和他情意滿眼的熱烈目光一對視，就心口狂跳。最後，雲朵眼神亂飄，無奈地道：「唐一白，你調戲人的技能是不是已經滿點了？」

「不知道，我只在妳一個人身上試過。」

雲朵扶著下巴，心裡偷偷樂著。

真好，唐一白沒喜歡過別人。

她也沒有，兩人的感情像兩張白紙，上面沒有任何來自過去的塗鴉，這樣就免去了很多在意和糾結。

真好，他們都有最純潔的情感，最簡單的愛戀。

心情像是裹了一層砂糖，甜甜的，入口即化。雲朵托著下巴望他，望了一會兒忍不住傻笑起來。

被她這樣注視，唐一白心跳怦怦亂跳，很亂。真是的，女朋友這麼可愛，讓他怎麼把持得住。他挪了一下椅子，離她更近了。

他目光灼灼地看著她的眼睛，然後視線向下，移到她的嘴唇上。

雲朵趕忙低頭，喝湯掩飾心中的慌亂。

唐一白也就不再有進一步動作。

反正肉已經到我碗裡了，我們來日方長。

吃過晚飯，唐一白想和雲朵一起逛逛街，雲朵看了看錶，有點著急，「你平常晚上不是還有訓練嗎？」

「沒關係，伍總說今晚可以停訓一次。」

想到伍總，唐一白有點擔心他，畢竟他們得罪的是袁師太這個像霸王龍一樣的存在。

他拿出手機，看到伍總剛剛傳的訊息。

伍總：你什麼時候回來！袁師太已經發現了，她在追殺我！你快回來自首！

唐一白看看身旁的雲朵。兩人今天才剛在一起，要他怎麼忍心這麼快就分開？於是他無恥地回覆伍總：我明早再回去。

沒一會兒，伍總傳來了一條語音訊息：『人渣！叛徒！！！』

這條訊息雲朵也聽到了，嚇了一跳，「你做了什麼？」

唐一白當然不會說實話。他和雲朵一起走進五道營小巷，這條小巷有點像南鑼鼓巷，但沒有南鑼鼓巷那麼多人。

小巷的道路窄窄的，兩邊的小店林立，還有不少酒吧。幸好是晚上，唐一白的臉龐掩在明明暗暗的燈光下，沒有那麼顯眼。偶爾有路人攔住他問是不是唐一白，他都會一臉鎮定地回答，「不是，你認錯人了。」

雲朵很佩服他的心理素質，說瞎話都不眨眼的。

唐一白走在雲朵後面，一手扶著她的肩膀，一手偷偷掏出那朵玫瑰花，手臂繞過她的身體，將花遞到她眼前。

「啊！」雲朵為眼前突然變出來的玫瑰花激動得尖叫。

玫瑰花姿態優雅，顏色嬌豔，散發著馥郁芬芳的香氣。雲朵接過來，閉著眼睛輕輕聞了一下。

唐一白便藉機靠近她的身體，胸膛幾乎貼到她的後背，長長的手臂從她後方向前環繞收攏，將她完全圈進自己懷裡。雲朵還在傻呼呼地聞花，等睜開眼睛時，發現她已經陷在他的包圍網裡了。兩人離得太近，近到她能感覺到他的呼吸噴灑在她的頸窩處。

熱熱的，癢癢的。

「咳……」不要這樣啊，街上這麼多人！

他低著頭，附在她耳邊悄聲問，「喜歡嗎？」說話時，不知是有意還是無意，嘴唇輕輕擦了一下她的耳廓。

雲朵紅著臉，有些惆悵，「唐一白啊。」

「嗯？」

「你這麼會談戀愛，你家人知道嗎？」

唐一白有點鬱悶。這個時候不該回答「喜歡」嗎？這麼好的氣氛為什麼要破壞掉？簡直不解風情！他揉了一下她的腦袋，「妳覺得我很會談戀愛？」

「嗯！」雲朵用力點頭，「豈止很會，簡直是深諳此道的樣子。」她和他在一起才幾個小時，已經被迷得有點暈頭轉向，找不到方向了。

唐一白突然翻轉她的身體，扶著她的肩膀鄭重地看著她，「雲朵。」

「咦？怎麼了？」他突然換上這麼嚴肅的表情，她有點不太習慣。

他抿了抿嘴，「真的只有妳一個。」

「什麼？」

唐一白嘆了口氣，抬手輕輕撫著她的臉頰，「以前我的世界只有游泳，從來沒有想過要談戀愛。如果不是喜歡妳喜歡到無法控制，我可能也不會選擇坦白。」

這平實卻動人的剖白，讓她的心臟輕輕顫著。

「總之，妳是我的初戀。」唐一白最後說道。

雲朵的嘴唇動了動，有些話卡在喉嚨裡說不出口，最後只是垂下眼睛，小聲說道：「我知道啊。」

唐一白笑了笑，拉著她的手繼續向前走。

雲朵一手握著玫瑰花，側過頭看夜色下他的臉。她突然說：「唐一白，你怎麼不問我？」

「問妳什麼？」

「問我你是不是我的初戀。」

唐一白停下腳步，低頭看著她，笑容有些無奈：「我不敢啊。」

不敢問。因為這麼漂亮又性格好的女孩子，從國中到大學不知道有多少人排著隊追求，他怎麼能奢望她的情感世界一片純白和無瑕呢？雖然明知道事實如此，他卻不敢去觸及真相，因為每每想到雲朵可能和別的男人牽手接吻過，他就會被一種名為「嫉妒」的情緒折磨，心臟在醋裡泡得發皺發疼，卻又毫無辦法。

所以不敢問。

聽到他這樣的回答，雲朵莫名想笑。她用玫瑰花輕輕敲了一下他的額頭，「笨！」

回家的時候，唐一白連呼吸都變輕快了。每每看向雲朵，他的目光總有那麼一點纏綿。雲朵實在招架不住，不敢看他。

到家時是九點多，唐氏夫婦還沒有睡。路女士正窩在沙發上用平板玩遊戲，唐爸爸坐在她身邊看電視，電視正在轉播籃球比賽。路女士說一聲「水」，唐爸爸就趕緊把茶几上的半杯水遞給她，她喝完之後他接過來，放在茶几上。

兩人特別和諧。

唐一白和雲朵回去時，沙發上的夫妻都敏銳地看到了雲朵手裡握著的玫瑰，兩人相視一眼，心照不宣。

唐一白說：「爸、媽，我有事要向你們宣布。」

路女士放下平板問：「你們在一起了？」

雲朵紅著臉低下頭。

唐爸爸笑呵呵道：「你們兩個小鬼，不用在已婚夫婦面前炫耀結束單身。而且這種事情一猜就知道了，還需要你宣布嗎？說個我們猜不到的來聽聽。」

唐一白扶額，「雲朵，妳來。」

雲朵說道：「叔叔、阿姨，唐一白其實是我的救命恩人。他七歲那年在棲霞山救的那個小孩，就是我。」

夫婦兩人像是被嚇到一樣，呆坐在沙發上不動，驚訝地看著雲朵。

雲朵小聲地說：「是真的。」

「也就是說，」唐爸爸神情有些恍惚，「豆豆小時候救了妳，然後，你們來到同一座城市，再然後，妳租房子恰好租到了我們家？」

「對，基本上是這樣。」

唐爸爸撫著胸口，「有種老天爺在幫我們選媳婦的感覺！如果我不讓你們在一起，會不會被雷劈啊？」

「咳。」

路女士那麼鎮定的人，此刻也久久無法說話。雲朵讓他們消化這個消息，自顧自去洗澡了。今天奔波了一天，風塵僕僕，情緒又跌宕起伏，現在真的有點累了。

唐一白坐在沙發上，用牙籤插起果盤裡的蘋果來吃。二白坐在一旁直勾勾地看著唐一白，唐一白輕輕一甩，彈出一塊蘋果，牠跳起來俐落地張嘴接住，幾乎沒有嚼就吞了，然後吐著舌頭繼續看他。

「豆豆，」唐爸爸八卦兮兮地問，「你和雲朵，是誰先表白的？」

路女士雖然沒有問，但此刻也極有興趣地豎起了耳朵。

唐一白垂著眼睛笑了笑，「她先親我的。」

「啊！」唐爸爸驚訝地張了張嘴巴，「看不出來雲朵那麼有勇氣。」

路女士瞇著眼睛，看著兒子蕩漾的笑容突然說：「雲朵今天下午跑出去，是要去找你說救命那件事的，然後剛才你爸爸問你誰先表白，你卻回答誰先親誰，那麼問題來了，雲朵親你到底是主動的還是被動的？」

雖然知道自己老媽是個細節狂，此刻唐一白還是有點被嚇到了，「媽，您別這樣。」

唐爸爸也恍然，「豆豆，你太壞了！」

壞就壞吧，唐一白滿不在乎，又捏了顆葡萄逗二白。

雲朵洗完澡時路過客廳，唐一白看到她，旁若無人地起身追上去。路女士搖搖頭，對唐爸爸說：「我怎麼覺得他比你還厚臉皮呢？」

唐爸爸深以為然，「至少厚了一級。」

雲朵一直被唐一白尾隨到她房間門口。她有點疑惑，背對著門一邊擦著濕漉漉的頭髮，一邊說：「你還有什麼事？」

唐一白似笑非笑地看她，「妳是不是忘了一件事？」

「什麼？」擦頭髮的動作停下來，她歪頭看著他。

唐一白向前走了半步，兩人的身體幾乎貼在一起，雲朵迫不得已地往後退，靠在門上，仰頭看他。在淺黃色廊燈的投射下，他的身影緩緩壓下來，因為背光而看不清面容，卻只覺得他一雙眼睛亮晶晶的，搖盪著萬般柔情。

她有些心慌意亂。

唐一白一手撐著門，他的身體和門形成一個開放式的小空間，雲朵被夾在這個小空間裡，周圍環繞的都是他的氣息。溫暖、乾淨、舒適的氣息卻使她突然緊張起來。她的後背緊緊貼著門，身體僵直不動。她看著他緩緩低下頭，輕聲問她，「想起來了嗎？」

雲朵低下頭，感覺到他的另一隻手撫上了她的臉頰，溫暖柔軟的指腹輕輕摩挲著，摸到她的耳垂時，輕輕捏了一下。

「哈！」雲朵忍不住笑了一下。

唐一白卻趁機抬起了她的下巴，不等她反抗，他已經迅速低下頭，四片唇瓣就這樣緊緊地貼在一起。

客廳裡叔叔阿姨的交談聲傳來，雲朵緊張得要命，心臟一下一下地狂跳，像一把重錘。她本能性地想推開他，卻被他抓住雙手。他把她的雙手扣在胸前，因此摸到了他的心跳，也是一下一下像重錘一般。

她緊張得快要失去力氣，雙腿發軟，唐一白的手向下滑，扶著她柔軟的腰肢。他閉著眼睛，激動得睫毛亂顫，唇上柔軟的觸感傳進心窩深處，他的雙唇漏出一條縫，不小心品嚐到她唇瓣的味道。甘甜、芬芳的味道，像花瓣一樣。

鼻間裡縈繞著的都是她的氣息，香甜的氣息。

這一刻的幸福，他無法用言語來形容。

然而，這份幸福很快就被打破。

二白：「汪汪汪汪汪汪！」

兩人嚇了一跳，立刻分開。雲朵心虛地掙開他的懷抱，往旁邊逃。

二白仰著頭，很滿意地看著他們的反應。牠大概覺得自己機智地化解了一起暴力事件，應該厥功至偉。

唐一白的臉卻陰森森的，眼底閃過寒光。

二白感覺到危險的逼近，耷拉著腦袋往雲朵身邊湊了湊，希望她能保護牠。

這時，唐爸爸的詢問聲從客廳傳來，「豆豆，怎麼了？」

唐一白揚聲說道：「爸，我們把二白燉了吧？」

雲朵哭笑不得，「別鬧！」她彎腰，撫了撫二白的腦袋。

二白高興地搖尾巴，還仰著頭希望雲朵摸牠的脖子。

雲朵從善如流地抓了幾下牠的脖子，然後也不敢看唐一白，趕緊轉身回房間。

剩下唐一白和二白對視一眼，誰也沒有握手言和的意思，唐一白轉身回房，二白也毫不眷戀地滾了。

雲朵回房後平復了一下心情，然後打了通電話給媽媽，告訴她自己已經找到了救命恩人。

雲媽媽很高興，『他還會回來嗎？或者我和妳爸爸去B市，我們想當面感謝他。找了這麼多年，終於找到了，謝天謝地。朵朵，妳一定要好好謝謝人家，他要是有什麼需要妳幫忙的事，赴湯蹈火也要去！』

「嗯嗯，我知道啦！」

『媽再問妳一件事。』

「什麼？」

『他有女朋友嗎？』

雲朵有點囧，「妳問這個做什麼？」

『就是想問問妳還有沒有以身相許的可能性。』

「……媽！」

雲朵想告訴媽媽這個可能性已經變成了必然性，可是她羞於啟齒，也就沒說。最後媽媽又嘮叨了一堆，讓她注意身體，注意保暖，注意保濕……然後才掛掉。收好電話，雲朵坐在床上上網，放鬆身心。她打開瀏覽器，搜索了唐一白的名字。

不得了，一下子跳出好多新聞。有體育新聞也有娛樂新聞，什麼唐一白正在準備冬季錦標賽，唐一白希望大家不要太關注他，唐一白否認XX是他女朋友，唐一白和女主播娛樂互動……總之唐一白的一舉一動都被密切關注，現在和祁睿峰的待遇差不多了。

「難道就是因為長得帥嗎？」雲朵都有點懷疑自己之前的結論了。畢竟，祁睿峰是拿了奧運冠軍才這麼紅，而唐一白呢，只拿到亞運會冠軍就獲得了這麼高的關注？就算他帥吧，又能怎樣？游泳隊裡帥哥也不少啊……

想不通，反正他就是紅了。

雲朵在八卦論壇裡看了粉絲們蓋的花痴樓，裡面還有圖片是她拍的呢。她一張一張地看，看了一會兒發現自己的口水快流出來了。她不得不深深地鄙視自己：這傢伙已經是妳男朋友了，妳還花痴個屁！能不能有點出息！

看到自己男朋友被這麼多女人喜歡，雲朵既高興又有點著急，特別想在唐一白腦門上蓋個章：私人物品，勿碰！

除了對唐一白本人的花痴文，論壇裡還有同時花痴唐一白和祁睿峰的貼文。內容無非就是把唐一白和祁睿峰之間的任何舉動都解讀成基情四射，這樣的貼文雲朵打死也不看。

貼文按照發文時間來歸類，近期的貼文裡，唐一白已經被稱呼為「泳壇男神」了。

也有娛樂媒體發了新聞，解讀唐一白被視為「泳壇男神」這件事。

逛完了論壇，雲朵又去翻微博。身為記者，她關注了好多游泳運動員，其中最活躍的是祁睿峰，其次是明天和向陽陽他們，至於唐一白，他快懶死了……

刷了一會兒，雲朵發現祁睿峰更新了一條微博。

祁睿峰：唐一白是泳壇男神，那我是什麼？

來不及看留言，雲朵果斷轉發留言這條微博。

記者雲朵：你是泳壇吉祥物。b（￣▽￣）d

※　※　※

雲朵一早起床時，看到自己門口貼著一張淡綠色的便條紙，上面用鉛筆寫著：

『我先回隊裡了，過幾天再來找妳。記得想我。』

上頭沒有落款，不過雲朵認得唐一白的筆跡。何況這個屋子裡能寫出這種內容的，也只有他了。

然而除了文字，便條紙的左下角還畫了一小幅塗鴉，內容是一隻狗狗用爪子捂著眼睛，像是看到了什麼了不得的東西。

唐一白畫這一隻小狗是想表達什麼？雲朵猜不透。不過，他畫得滿不錯的，寥寥幾筆，躍然紙上。看來他的天分不只是游泳和數學。

雲朵用手機把這張便條紙拍下來，然後把它夾在一本書裡。身為一個記者，她習慣隨處拍照。

早上在上班途中，雲朵接到了陳思琪的電話。她對陳思琪說：「沒想到妳能忍到現在，我還以為妳昨天晚上就會打電話盤問我呢。」

陳思琪道：『春宵一刻值千金！我怎麼可能打壞我男神的好事，太白目了！』

雲朵尷尬到冒汗，連忙說：「妳想到哪裡去了！」

『什麼？昨天晚上你們沒有嘿咻嗎？真可惜，我還想八卦一下床上的細節呢！』陳思琪的語氣裡充滿了遺憾。

雲朵則有些暴躁了，「沒有！而且就算有，我也不可能和妳分享這種細節好不好！」每次和陳思琪說話，都讓人有種分分鐘震碎三觀的感覺。

『好了好了，我不問了。不過妳也真是沒用，怎麼還沒把男神拐上床？妳不知道有多少女人對他的身材流著口水！』

雲朵默默地想，他們第一天在一起就接吻了，這個速度已經是火箭等級了好嗎！

而且她也知道很多人對著唐一白的身體流口水。昨天她去唐一白的微博圍觀，留言可真是無下限啊，簡直為她打開了新世界的大門。然後她紅著臉跑了，跑到了據說是小學生集散地的論壇。

那個論壇的名字叫「唐一白的女朋友」，雲朵心想我就是唐一白的女朋友啊，果斷點進去看看！就這樣闖進了論壇。首頁有個置頂貼文，名字既文藝又蕩漾，叫《巫山雲雨枉斷腸》，雲朵手賤地點進去看了，然後嚇得差點把筆記型電腦扔出去。原來這個貼文是以一本名為《巫山雲雨枉斷腸》的小黃書進行改編，改編的方式就是把男主角全部改成「唐一白」，女主角全部改成「我」，一大段一大段XXOO的描寫，這種內容放在晉江估計會變成「□□□□□□□□……」這種謎一樣的文字。

後來雲朵默默地將那個貼文舉報為色情訊息了。

所以說，她已經深度接觸到「有很多女人在對著唐一白的身體流口水」的事實了。

和陳思琪結束通話後，雲朵也到公司了。記者一般沒有嚴格的上班時間，要早點來、晚點來都可以，她今天晚到了一些，公司已經有好多人來了。許多人看到雲朵時都熱情地打招呼，笑得親切又燦爛。

雲朵當然知道他們為什麼這麼熱情。因為她曾經對唐一白寫過詳盡的報導，因為據傳她和唐一白「私交不錯」……她摸了摸鼻子，心想，這算是一人得道，雞犬升天嗎？

坐在自己的座位上，先瀏覽一下新聞，然後打開微博刷一刷。

然後……電腦當機了！

雲朵揉了揉眼睛，後知後覺地發現她的微博昨天收到了很多轉發留言。剛才沒仔細看就直接點開，導致電腦卡住了。

具體有多少轉發呢？也不多，兩萬多條吧……

簡直嚇尿了好嗎！身為一個粉絲剛破百的小透明——而且這粉絲有一半都是友情關注，她也有成為熱門的那一刻嗎？哈哈哈哈哈……這個感覺，爽！

得意完之後，她才開始看具體內容。原來會有這麼多轉發，只是因為她昨天說了祁睿峰是「泳壇吉祥物」，看來這個定位得到了很多人的認同。雲朵笑呵呵地看了一會兒就轉去看私訊。陌生人的訊信太多了，她都不看，只看熟人傳的。

向陽陽：雲朵幹得漂亮！

明天：姊姊妳好壞~(≧▽≦)/~

祁睿峰：我恨妳。

唐一白：調皮。

雲朵看著唐一白的那兩個字，莫名地虎軀一震。

這時，她身後傳來一個聲音：「在看什麼？」

聲線清冷，雲朵不用回頭看也知道是林梓。她笑道：「沒什麼，在看微博呢。」

林梓拉了張椅子坐在她身邊，看到她的螢幕上正開著和唐一白的私訊聊天窗口。林梓歪著頭，看著雲朵臉上淡淡的笑意，他若有所思，「妳今天心情不錯。」

「是嗎？」雲朵說著，不自覺地摸了摸嘴角。

「是因為他嗎？」林梓指了指螢幕。

雲朵左右看看，突然壓低聲音對林梓說，「林梓，我告訴你一件事，你要幫我保密。」

林梓很配合地把耳朵湊過來，一邊點點頭，「好！」

「我們……已經在一起了。」

林梓愣了愣，有些緩不過來，「妳……和唐一白嗎？」

「當然，除了他還有誰！」雲朵紅著臉低下頭，沒看到林梓臉上的愕然和失落。等了一下，沒等到他的反應，雲朵奇怪地抬頭，此刻他的臉色已經恢復正常。

林梓臉上掛著淡淡的笑意，清俊深刻的臉部線條卻如雕像一樣僵硬，使得他的笑容有點詭異。他彈了一下她的腦門，「恭喜。」

雲朵覺得他可能是心情不太好，畢竟昨天他才帶她去看了植物人妹妹，今天她就和他分享幸福的消息，貌似有點殘忍？她有些歉意，揉了一下腦門點頭道：「謝謝。」

林梓站起身，「我去吃早飯。」

「喔，好。」

※　※　※

報社對面有一家永和大王，可能是已經過了上班時間，這個時間在這裡吃早餐的人並不多，林梓幾乎不用排隊就取了餐。豆漿、油條、皮蛋瘦肉粥，很簡單的早餐。

他坐在冷清的餐廳裡，看著盤中那切成一段段、排放整齊的金黃色油條發愣。

他早知道會是這樣的結果。他們互相愛慕，早晚會走在一起。雖然現在的進度比他預計的要快了一些。

而他只能在一旁看著，就像其他許多觀眾一樣。

明明他也喜歡她。

然而那有什麼用，沒有回應的感情是一文不值的。

林梓對自己的感情世界有很清醒的認知。他早就知道他喜歡雲朵，從剛開始喜歡時就知道，並且他推測自己的喜歡來自於兩人日常相處，點點滴滴的彙聚。

他卻覺得這份感情無關緊要，如果和她太過親密，反倒會影響他的計畫，所以他一直冷處理這份感情。

這世上的愛戀大致上分為兩種，有的暴曬於陽光下，有的深埋於沉淵底。

他毫不猶豫地選擇了後者。

並且，理智上，林梓很樂於看到雲朵和唐一白走近。雖然他經常控制不住，幹一些阻撓的事。

不管怎麼說，現在，他也算求仁得仁了吧……

然而我卻一點也不高興，他心想。提起筷子夾起一根油條，送到嘴邊時，連嘴巴都懶得張開。他只好扔下油條，舀一勺皮蛋瘦肉粥吃，才吃了一口就再無食慾。

他十指交叉托著下巴，垂著眼睛發呆。心情的沉悶是無法自我排解的，任何曉以大義的勸說都完全沒用，他就是難過。

有時候他會想，但凡她有一點點喜歡他，他可能就不會那麼堅持了。

然而，一點也沒有。

她的眼裡全是那個人。她為他笑，為他惱，為他著紅妝，每當那個人在場時，林梓都特別想斬斷她看他的眼神。

讓人嫉妒又心酸的眼神。

林梓嘆了口氣，握著一根筷子將盤中疊起來的油條一插到底，他瞇著眼睛冷冷地咬牙，「唐、一、白。」

※　※　※

雲朵的午飯是和林梓、程美一起吃的，三個人現在快變成鐵三角了。雲朵覺得程美可能對林梓有意思，別問她是怎麼知道的，有時候女人的第六感就是這麼神奇，她就是知道。

當然，她不打算說破。一切都要先看林梓的想法，如果程美只是一頭熱，那旁人不好過於摻和。

正吃著飯，雲朵收到了唐一白的訊息。她知道他應該是剛訓練完在吃飯，否則他是沒有機會摸手機的。

唐一白：在做什麼？

雲朵：吃飯呢，你呢？

唐一白：一樣。想我了沒？

雲朵：＝＝

唐一白：我想妳了。

雲朵覺得她不能被唐一白這樣牽著走，太肉麻了，她不好意思。於是她岔開話題：唐一白，你畫功不錯喔！

唐一白：什麼？

雲朵找到了今天早上拍的那張便條紙，傳給他：就是這個。

唐一白：＝＝

唐一白：那應該是我爸畫的。

雲朵：……………………

兩人都對著手機無言。雲朵沒看到唐一白的回覆，以為他安靜吃飯了，沒想到他的電話很快就打過來。

雲朵一手輕輕攪動著面前的魚丸湯，一邊接起電話，輕聲說，「喂，什麼事？」

『沒事。』

雲朵有些好笑，「沒事你打電話幹嘛？」

唐一白的聲音低沉溫柔，『就是想聽聽妳的聲音。』

雲朵的臉不爭氣地紅了，她放開湯匙，心虛地掩著話筒，小聲說：「現在聽到了？」

『嗯。』

「沒事就先掛了吧，我在吃飯呢，同事都在看我……」何止是看，程美和林梓的眼睛都要冒出火來了，恨不得把她挖開來看。

『等等。』

「還有什麼事？」

『親我一下。』

「……」大庭廣眾之下提這種過分要求，還要不要臉！

唐一白的聲音裡充滿濃濃的誘哄，『親我一下再掛，好不好？』

「……不好。」

『妳不親我，等我再見到妳就親妳一百下。』

「……」

這樣威脅自己女朋友真的大丈夫[2]嗎？雲朵咬了咬牙，「從沒見過如此厚顏無恥之人！」

『親我。』

雲朵心想，萬一他說到做到，等到再見面時，她會不會被他親成豬頭啊！小不忍則亂大謀，我忍！她堅強地做著心理建設，扭過頭儘量不去看另外兩人，就在這熙熙攘攘的餐廳裡對著手機輕輕「嗯嘛」了一下。

……真的好羞恥啊！

※ ※ ※

一天下來，「祁睿峰泳壇吉祥物」成了熱門話題。這個稱呼大有一種要伴他一生的氣勢。

一直都把自己腦補成酷帥狂霸跩總裁的祁睿峰自然對這種稱呼零容忍，他又傳了一條訊息給雲朵表達他的心情：我恨妳！

恨就恨吧，反正木已成舟。雲朵心態很輕鬆，回了一張咬手帕流眼淚的卡通動圖給他。

下午林梓的心情依舊不太好，耷拉著臉懶洋洋的，像是沒睡醒的樣子。

雲朵有點擔心他，想想祁睿峰，想想林桑，她突然眼前一亮，悄悄戳一下林梓的後背，說：「林梓，我有一個建議。」

「什麼？」林梓回過頭看她。

「小桑姊不是祁睿峰的粉絲嗎？要不然……把她的事跟祁睿峰說一下，請祁睿峰去看看她？祁睿峰這個人雖然傲嬌又臭屁，其實心很軟啦，好好跟他說，他應該會答應的。既然小桑姊那麼喜歡他，說不定被他刺激刺激就……」

雲朵說到這裡也有點說不下去了，她覺得自己可能電視劇看太多了。

林梓卻斷然拒絕，「不行。」

「為什麼？」

他答道：「沒有人會希望被偶像看到自己的落魄，小桑已經成了植物人，我不希望祁睿峰看到她這樣子。」

「是這樣嗎？」

林梓點了點頭，「所以，請不要讓游泳隊的人看到她，答應我。」

「喔，我知道了，」雲朵想了一下，還是有點不甘心，「那麼……她有沒有男朋友？或者深愛的人？」

林梓的臉色沉了沉，冷冷地搖頭，「沒有。」

雲朵便不再問了。她覺得自己可能管得太寬了，畢竟，小桑姊是林梓的親妹妹，林梓肯定把能想到的辦法都想過了，不用她胡思亂想。

※　※　※

媽媽又替雲朵安排了一次相親，雲朵終於向她坦白：妳女兒現在是有男朋友的人了。

雲媽媽連珠炮似的問：他是哪裡人？年紀多大？做什麼工作的？月薪多少？長得怎麼樣？個子高不高？有沒有照片？

她一口氣問出一大串問題，直接把雲朵弄暈了，媽……

雲媽媽有些憂傷：朵朵，妳不會是為了讓我放心，才隨便找了男朋友吧？妳不用這樣。

雲朵：媽……妳想到哪裡去了啊……

雲朵真為媽媽的腦洞而折服。

雲朵：我把他照片傳給妳，妳自己看。

雲媽媽：好！

雲朵找了一張唐一白的帥照傳給媽媽，緊接著，她接到了媽媽的電話。

媽媽在手機那頭咆哮，『這是唐一白！我記得他，上次妳還說喜歡他，可人家是大明星、冠軍！妳說是妳男朋友就是妳男朋友？妳當我傻嗎？他在採訪中可是說過他沒有女朋友的。』

「媽，他真的是我男朋友啊。那個採訪過時了。」

雲媽媽的聲音又變得憂心忡忡，『朵朵，要不然妳去看看心理醫生？萬一……』萬一是妄想症怎麼辦啊！

雲朵無奈了，又找了一張照片傳給她，是她和唐一白在體育大學體育館的那張合照。

媽媽看完之後，依然不信，『這張照片也不能證明什麼。妳是記者，妳和唐一白有一兩張合照也不奇怪。』

媽媽妳為何如此機智！

雲朵只好說：「等我下次見他，再拍一張給妳。」

『呵呵，我等著。』

晚上八點多，雲朵幫二白洗了個澡，這下牠成了名副其實的「落水狗」。

二白不喜歡洗澡，雲朵按著牠洗澡時牠不敢反抗，只是委屈地哼了哼，特別可憐。可是再可憐也要洗澡！

然後雲朵用吹風機幫牠吹毛，快吹完時，路女士敲了敲洗手間的門，「雲朵，妳有電話，是豆豆打來的。」說完把手機遞給她。

「啊？謝謝阿姨！」雲朵接過手機，隨即關了吹風機，「喂？」

『雲朵，在做什麼？』

「在幫二白吹毛呢，牠好乖。」說完，雲朵抓了抓二白的脖子，「是吧二白？」

二白撇過頭去：不是！

『出來一下。』

雲朵一頭霧水，「什麼？」

『出來，我就在外面。』

雲朵來不及問，丟下二白就出門了。

唐一白站在路燈下，眼望著雲朵向他跑來。淡黃色路燈的映照下，他眉目溫柔得像靜靜流淌的河水。

雲朵跑到身前時想要刹住腳步，然而他卻提步向前一跨，正好使她撞進他的懷裡。

雲朵：「……」怎麼就投懷送抱了呢！

唐一白輕輕擁著她，一手撫著她的頭髮，低聲笑著。笑聲像琴弦般悅耳。

「咳。」雲朵紅著臉想掙開他，奈何他卻恰到好處地突然收緊手臂，使她無法逃開。

「你怎麼來了？」她問道。

他所有的擔憂，所有的牽掛，此刻都只化作簡單的三個字：「想見妳。」

雲朵心口暖暖的。她回抱住他，將臉埋在他胸前輕輕蹭了蹭。

其實女孩子不管有多堅強和獨立，都渴望有這樣一個懷抱可以停靠。並不奢求你能給我什麼，只要讓我從中汲取一點點溫暖和力量，足矣。

她小聲喚他，「唐一白。」

那聲音嬌嬌軟軟的，唐一白的心都要化開了。他低頭小心地親吻著她的劉海，從鼻端發出一聲重重的「嗯」。

「我也想你啊。」她說道。

唐一白笑了。他抬起她的下巴，幾乎沒有猶豫，親吻便壓了下來。與初吻時的緊張倉促不同，這一次他放輕了力道，仔細感受她芬芳柔軟的唇瓣，輕輕地輾轉廝磨著。雲朵沉溺在他的溫柔裡，仰著頭任他為所欲為。她的臉燙得要命，身體也緊張得發熱，腿已經軟了，只好靠在他身上尋找支撐點。她想要配合他，奈何找不到章法，擺著頭動了一下，卻突然被他扣住了後腦勺。

唐一白加重了力道，用牙尖輕輕壓她的唇瓣，像是懲罰，也像是索求。他扶在她腰肢上的手臂不自覺地收緊，兩人的身體緊緊相貼，一絲縫隙也沒有。隔著衣服，他也能感受到她肢體的火熱柔軟及……飽滿。

不夠。像是一粒碳投入了火堆，只想嗶嗶剝剝地燒起來，這一點柔情怎麼可能足夠。身體裡有一股莫名的悸動在橫衝直撞，撞得他有些焦躁，手不自覺地摩挲著她的身體，本意是化解，卻越摸越悸動。閉著眼睛，他的呼吸粗重而淩亂，幾乎是本能，他伸出舌尖輕輕描繪著她的唇形，柔韌有力的舌頭想要擠開她的唇縫，向更甜美的密地一探究竟。

感覺到他舌尖的壓迫，雲朵整個人都要燒起來了。心跳聲隆隆咚咚，她害羞得要命，偏過頭逃開了。

唐一白意猶未盡地舔著嘴唇，低頭望著她。他的眸子深得像夜空下的海。

雲朵不敢和他對視，低著頭輕輕掙脫。

唐一白不敢逼得太緊，也就任由她退開一步，和他隔開一點距離。他手插進口袋，目光始終停留在她身上，靜靜地欣賞女朋友害羞的樣子。

兩人之間一陣沉默，雲朵有點尷尬便問，「你今晚又不用訓練嗎？」

「要啊，我剛從泳池出來，今天是偷跑出來的。」

雲朵驚訝地仰頭，看到他的頭髮顏色果然比平時還深一些，而且顯得偏蓬鬆。她抬手插進他的頭髮裡摸了摸，髮根還有些潮濕呢。

唐一白一動不動地任由她摸，然後笑道：「妳不要這樣挑逗我，我禁不起。」

雲朵收回手，她此刻有些感動又有些擔憂，「頭髮還濕濕的就出門，感冒了怎麼辦？」

「沒事，我身體好。」

雲朵搖搖頭，「下次不要這樣了。而且你偷跑出來，如果被教練發現了要怎麼辦？」

「沒關係，最多挨一頓打。」

能不能不要把挨打說得這麼輕鬆啊……雲朵有點無語。她看到唐一白的休閒外套後面有帽子，便踮起腳幫他將帽子戴上，「戴上吧，不能被風吹。」

唐一白笑吟吟的，任由她把那個傻傻的帽子戴上，還低下頭主動配合雲朵，像個乖寶寶一樣。

做完這些，雲朵好奇地問他，「為什麼不回家裡呢？非要在這裡說話。」

「家裡電燈泡太多。」

……好吧。

雲朵突然想起一件事，便說：「唐一白，你能不能幫我個忙？」

唐一白笑，「幫多少個都沒問題，妳說。」

「是這樣的，我媽媽不相信你是我的男朋友，你能不能錄一個簡短的影片告訴她你確實是？」

「好。」

雲朵打開手機的錄影功能，唐一白對著鏡頭招了一下手，笑道：「岳父岳母你們好，我真的是雲朵的男朋友。」

「停！」雲朵紅著臉取消錄影，「你換個稱呼。」

「換什麼？爸爸媽媽？」

「……你！」

見到她咬牙，唐一白連忙揉她的腦袋安撫，「好了好了，開個玩笑，來吧。」

再次開始錄影，唐一白對鏡頭說：「伯父伯母你們好，我叫唐一白，是雲朵的男朋友。

雲朵是個好女孩，我會好好對待她，呵護她保護她。我也是N市人，和你們是同鄉，希望有機會可以去看望你們。」

好了。雲朵存好影片，然後傳給了媽媽。

媽媽並沒有立刻回訊息，雲朵問唐一白，「噯，現在，你要不要回家看看叔叔阿姨？」

唐一白點點頭。兩人正想要回去，樹影後面冷不防地竄出一條身影，讓雲朵嚇了一跳。定睛一看，竟然是二白？

二白吐著舌頭朝雲朵搖尾巴，雲朵疑惑道：「二白，你怎麼會在這裡？」

二白當然不可能回答她。唐一白看到二白脖子上拴著狗繩，他有些了然，朝著樹影處說：「爸、媽，你們在幹嘛？」

路女士和唐爸爸走了出來，雲朵看得下巴差點掉下來。即使是幹這種猥瑣的事，路女士也像一隻驕傲的孔雀，被兒子抓包以後，她挺胸抬頭地走上前答道：「偷看、偷聽，以及偷拍。」

「你們……這樣有意思嗎……」唐一白特別無奈。

「沒意思，我們走。」

路女士一聲令下，唐爸爸就和她一起轉身走了，走時還牽走了惹禍的二白。如果不是他不小心放手讓二白跑出去，他們一定不會被發現的，唐爸爸不無遺憾地想。

唐一白和雲朵走在後面，聽到前面兩個長輩的討論聲。

唐爸爸：「還是妳拍照技術好，我拍的都糊了……這張很漂亮，傳給我，我要當作手機桌布。」

路女士：「嗯。」

唐爸爸回頭問唐一白，「豆豆，你要不要？這照片真的很漂亮，像電影海報。」

唐一白咬了咬牙，「不要！」

「雲朵呢？」

「不要……」

「你們確定？不要那麼快做決定，先看看。」唐爸爸說著，遞來手機。

唐一白看到了那張照片。路燈昏黃，樹影婆娑，他和雲朵站在路燈下擁吻，燈光彌漫，他們面容有些朦朧，身後的柏油路像一段亮黃色的綬帶，路上除了他們，空無一人。

的確是很美的一張照片。唐一白點點頭，「傳給我吧。」

雲朵很無語，「你這麼快就叛變了？」

唐一白摸了摸她的頭，「留個紀念。」

然而當四人回去時，唐一白實在忍不住手癢，把這個「紀念」設為了桌布。

至此，他們一家三口都擁有了同樣的桌布。

雲朵恨不得挖個坑把自己埋起來，唐一白卻還恬不知恥地想勸她也更換桌布。於是雲朵果然換了桌布，但換成了她和二白的合照。照片上雲朵笑得很燦爛，身旁留給男朋友的位置被一隻吐著舌頭的哈士奇占據著。

唐一白一陣羨慕嫉妒恨，看著她的手機，特別想把那張狗臉摳下來。

當晚，唐一白不敢在家留宿，匆匆地回去了。回去時問過祁睿峰，得知伍總並沒有來找他，還好還好。

然而，唐一白卻覺得祁睿峰不太對勁。這個不對勁也不是突然的，就是這兩天，峰哥看到他就心情不好的樣子，對他也愛答不理的，一起吃飯的時候絕對不坐在他身邊，有點事也找明天、鄭淩曄他們，甚至去找向陽陽，就是不理他。

真是奇怪，唐一白回憶了一番，覺得自己也沒做什麼對不起峰哥的事，為什麼感覺峰哥在……疏遠他？

對，就是疏遠。

對祁睿峰這種直腸子的人，你不能和他拐彎抹角，於是唐一白直截了當地問他，「峰哥，你是不是對我有什麼意見？」

祁睿峰一愣，「我對你能有什麼意見？」

「那就是還在生雲朵的氣？」

「我為什麼生她的氣？喔，她說我是吉祥物，我確實很生氣，哼哼。」

都不是嗎？唐一白想到了一個最壞的可能，「你對我們家雲朵有意思？你想跟兄弟搶女人？」

祁睿峰直接炸毛了，「唐一白你是不是神經病？」

唐一白攤開手，「那你最近刻意和我保持距離到底是為什麼？下一步是不是就要和我絕交了？」

「我……」祁睿峰垂頭喪氣的，「你絕對不想知道原因。」

「不，我想知道。只有我知道了，這件事情才能解決。」

祁睿峰用手機調出一個影片給唐一白看。

那個影片是一首網友自製的MV，曲詞都很纏綿悱惻，然後呢，畫面是祁睿峰和唐一白互動的剪輯。互相擁抱，互相凝望，相視一笑等等……這個網友真是剪刀手中的高高手，普普通通的互動被他串聯起來特別肉麻，讓兩個大男人看完有種世界觀崩塌的感覺。

唐一白扶額，「這個……你無視吧……」

其實想無視談何容易，這個影片已經對他造成心理陰影了。

「還有這個。」祁睿峰點開微博，給他看熱門留言。

許多熱門留言是讓祁睿峰嫁給唐一白的。

祁睿峰悶悶不樂地道：「其實之前大部分都是讓我娶你的，後來我成了吉祥物，就都讓我嫁給你了。」

唐一白突然覺得自己不怎麼看留言絕對是明智的選擇，如果有人天天刷留言讓他娶祁睿峰，他也會受不了。

祁睿峰憂心忡忡地說：「我都不知道要怎麼面對你了。你說，萬一我被網友們掰彎了怎麼辦？」

唐一白擦掉額角冒出的一滴汗，「峰哥，你想太多了。」而且就算你彎掉，我對雲朵也絕對是忠貞不二的……

「但是真的不想看到這些，連帶著也不想看到你了。」

「……………………」

感覺要重新估量一下這份友情的分量了。

忍了忍，唐一白說：「如果你不想看到，就直接和網友們說清楚吧，他們應該比較通情達理，尤其是在面對自己的偶像時。」

「我該怎麼說？」

「算了，手機給我。」

唐一白在祁睿峰的微博裡輸入了一段話：『我是一個筆直的人，筆直到不希望看到任何人在我面前刷我和別人的腐。希望大家能理解我，然後不要再叫我嫁給唐一白了，娶也不行。好不好？』

祁睿峰看到後覺得還不錯，點了發送。

網友留言——

A：好！

B：好好好，你要怎樣就怎樣，誰讓你是吉祥物呢。

C：感覺那些妄想的人關起門妄想就好，賣腐賣到真人面前，確實不禮貌。支持峰峰！

D：怎麼回事，為什麼這條微博沒有散發出強大的中二氣息？吉祥峰你轉型啦？

E：吉祥峰哈哈哈哈哈哈哈！

祁睿峰對網友們的反應比較滿意，雖然那個吉祥峰的稱呼實在是……

過了幾分鐘，唐一白轉發了祁睿峰的微博，留言就一句話：峰哥說得好。

祁睿峰翻了個白眼，你是在誇你自己吧？

唐一白的留言增長速度不遜於祁睿峰。然而他一點開留言，就有點瘋狂了——

A：我老公才說得好。

B：老公你更新了！天啊你更新了！天啊！！！

C：老公，照片呢？好不容易更新還只是轉發，有沒有誠意？曬照曬照！

D：現在有些女孩子真是不自重，見到一個帥氣多金、年輕有為的男人就上去叫人家老公，真的好煩人，請你們放尊重一些！老公你說我說得對不對？

E：老公，我們的寶寶已經三個月大了，你什麼時候把他領回家？

唐一白看得直冒汗，趕緊退出。

祁睿峰自言自語，「我還是覺得我應該找個女朋友。」

※　※　※

第二天，唐一白看到伍勇時，伍勇並沒有對他吹鬍子瞪眼，這表明伍勇確實沒有發現他擅自離隊的事。

伍勇的左眼眶有一圈青色，那是被袁師太打的，剛開始被打的時候顏色很深，現在淡了一些。伍總是個講道理的人，雖然被打了，昨天依然訂了一大捧玫瑰花賠給袁師太，結果都被袁師太扔掉了。

今天，伍勇神采奕奕地對唐一白說：「下午我有點事，我不在的時候你自己訓練，有自覺一些，不要偷懶。」

「好，」唐一白見伍勇紅光滿面的，忍不住好奇地問道：「伍總，有什麼好事？」

「替你接了一個代言。」

唐一白一聽到代言就忍不住皺眉頭，「這次又是什麼？面膜？乳霜？」

自從成為名人之後，找他代言的廣告商真是五花八門，什麼面膜、潤唇膏啊……這類能直接令他聯想到娘娘腔的東西，真是囧不勝囧。幸好伍勇的審美觀和他在同條戰線上，把這些亂七八糟的都推掉了。

所以現在，伍總一提新代言，他就本能地沒什麼好反應。

伍總笑道：「這次的很不錯，就是不確定你能不能拿下來。」

「到底是什麼？」

「回來再和你說。」

唐一白就再也沒問。他倒不是很熱衷於廣告代言，畢竟代言多了會影響到自己的本職工作，而且隊裡也不建議運動員有太多代言。

下午伍勇回來時，高興地對唐一白說，「我說，有機會！明天你和我一起去見見廣告商。」

「喔。」唐一白剛從泳池裡出來，現在在訓練室做陸上訓練。看到伍勇回來，他暫時停下來。

伍勇說：「你不問問是什麼嗎？」

唐一白樂了，「伍總您憋著吧，千萬別說。」

伍勇被噎了一下，氣得鬍子直抖，「明天我就讓你代言面膜，還有口紅、指甲油！」

「伍總我錯了，」唐一白連忙賠笑，「到底是什麼？」

伍勇得意了，「是名牌手錶喲！」

手錶是一個瑞士的牌子，名氣不算很大也不小，唐一白聽說過。對方看中了唐一白的美貌堪比超模，且人氣急遽上升，在中國的知名度很高，而且個人形象健康陽光。

唐一白無可無不可，伍總讓他配合他就好好配合。不過他覺得是時候賺點老婆本了，他以後可是要養雲朵的……

想到雲朵，心裡就暖暖的，他低頭忍不住牽起嘴角。

伍勇拍了一下他的腦袋，勒令他繼續訓練。

這時，袁師太從門口走過，伍勇屁顛屁顛地跑到門口，「嘿！」叫住了她。

袁師太停下腳步，掃了他一眼。

伍勇靠著門框，笑得特別賤，「告訴妳一個好消息，一白要代言名錶了喔，呵呵呵……你們家小峰最近接代言了沒？啊，差點忘了，他接了啊，代言優酪乳嘛，呵呵呵……」

袁師太面無表情地朝他走過來。一步，兩步，三步……走到伍勇跟前，仰頭看著他。

伍勇竟然有點緊張了，背靠著門框，一陣心虛，「妳、妳幹什麼？」

袁師太突然拉住他的衣領，將他向下帶。伍勇不得不低頭，兩人離得更近了，臉對著臉。伍勇結結巴巴地說：「妳妳妳妳是要非禮我嗎？我我我我叫人了啊！」

「神、經、病。」袁師太吐出這三個字，接著放開他，轉身離開。

「妳才神經病呢。」伍勇自言自語著，轉身回來時，看到唐一白正似笑非笑地看著他。

混蛋，惹不起袁師太還惹不起你嗎！伍勇朝他一橫眉毛，「今天給我加練！」

就因為一個眼神，唐一白被加練了。加練之後，伍勇又告訴他一個不太好的消息：主管們又下達通知了，要運動員們努力練習英語口語，尤其是知名運動員。負面教材祁睿峰再次被拎出來批評了一番，主管們號召大家不要向他學習。

這次動靜有點大，據說還要抽查，不合格的扣津貼。

唐一白點點頭表示知道了。

於是在晚飯的餐桌上，「英語」再次成為好基友們的話題。基本上大家都憂心忡忡的，連向陽陽膽子那麼大的人都怕自己被抽到。祁睿峰更不用說，面對英語，他死豬不怕開水燙，可是他愛面子啊，被點名批評的感受簡直不能更糟糕。

只有唐一白淡定如常。

明天說道：「一白哥你不擔心嗎？」

唐一白答道：「不擔心，我有一個英語特別棒的女朋友。」

一句話引起了眾人的仇視，明天用筷子狠狠地插米飯，憤憤道：「我為什麼要給你說這句話的機會！」

祁睿峰對向陽陽說：「我們也去談戀愛吧。」

向陽陽立刻暴打他的頭，「誰要和你談戀愛！」

祁睿峰覺得好無辜，「誰說和妳談了！」

唐一白不理會他們，安靜地傳了訊息給雲朵。

唐一白：隊裡要抽查英語口語（可憐）

雲朵：啊，那怎麼辦？什麼時候抽查，現在補還來得及嗎？

唐一白：來得及。妳幫我？

雲朵：可以，我口語還行。當初在公司面試時主管就建議我去海外版，我不想去。

唐一白：嗯。那我有不懂的就問妳^_^

雲朵：好^_^

唐一白：那麼，「我好喜歡你，我為你著迷」這句話用英語怎麼說？

雲朵：……

唐一白：傳語音。

雲朵：滾……

為了幫唐一白練習口語，雲朵做足了功課。她把運動員經常遇到的英語記者問題整理了一下，做了英語原聲的剪輯，先傳給唐一白，讓他試著聽懂。然後又自己錄製了常見的回答，也傳給他，讓他照著學。一些比較難的詞彙也標示出來，讓他背起來。

這樣一來就沒問題了吧，她心想。

然而理想是豐滿的，現實是骨感的。萬萬沒想到，唐一白變得不學無術了。兩人討論的時候，話題經常被他帶歪，不把雲朵弄得面紅耳赤不甘休。對此雲朵有點憤怒。

比她更憤怒的是祁睿峰：室友天天秀恩愛，簡直閃瞎了我的狗眼，求問怎麼悄無聲息地打死他！

※　※　※

時間就這樣慢悠悠地滑過，轉眼到了冬季錦標賽。

遙想一年前，唐一白還是一個默默無聞的運動員，在發表會上，一個烏龍直接被部分媒體解讀為「小透明想要挑戰世界冠軍搏出名」，而現在，僅僅用了一年時間，他就向世人證明了自己。他是中國人的國民偶像，也是亞洲泳壇的希望。

成名後的這段時間，唐一白接了兩個專訪，一個是電視臺的，一個是某著名時尚雜誌的。俗話說「娛體不分家」，知名運動員總會被演藝圈和時尚界關注。唐一白長著一張偶像明星的臉，身材又遠遠好過偶像明星，個人形象也很好，尤其是在一些人眼中，運動員這個職業本身比亂糟糟的八卦明星還清高。所以最近唐一白吸引了一些時尚圈的目光，還有人邀請他參加時裝發表會，不過這類不著邊際的要求會直接被游泳隊這邊擋下來，根本到不了他眼前。

其實基於他的火紅程度，要求專訪的媒體有很多，不過國家隊認為採訪多了會影響訓練，而且唐一白現在是有檔次的人，不是誰想採訪就能採訪的。

嗯，除了一個人——反正雲朵是想採訪他就採訪……

雲朵也有點意外。她受不了劉主任整天聒噪，就問唐一白能不能接受《中國體壇報》的第二次專訪，本來只是應付一下，沒想到唐一白一口答應了。

雲朵有些擔心，「會不會有些為難？你不答應也沒關係啊……」

「沒事。」女朋友不管提什麼要求，都必須迎難而上，這是好男友的基本職責。唐一白這樣告訴自己。

然後他找到了伍總，陳述了自己必須接受《中國體壇報》採訪的理由：「雲朵是我女朋友，我拒絕我的女朋友我們就會出現感情問題，感情出問題我就訓練不好，訓練不好就不能游出好成績。」

伍勇一瞪眼，「我怎麼覺得好像為了你能拿金牌，全國人民都得幫你談戀愛？」

「不用勞動全國人民，隊裡通融一下就好。」

「也是，你的老婆太多了，全國的單身女性都是你老婆。」

唐一白聽到這裡，臉黑黑的。看來大家都知道他被粉絲狂喊「老公」的事了啊……憂傷。

雲朵知道嗎？知道後會生氣嗎？會吃醋嗎？

難以想像她吃醋的樣子……

伍總雖然嘲諷了唐一白，依然盡職盡責地幫他向隊裡申請了雲朵那邊的專訪。隊裡聽說了唐一白的「感情論」，覺得有點道理。畢竟運動員們都很年輕，血氣方剛的，戀愛談不好很可能會有不好的影響。而且唐一白目前接的訪談很少，還可以再放出一些。

於是就這麼答應了。

雲朵被這個結果震驚了，「就這麼答應了？」

『嗯。』

「太容易了吧？簡直不敢相信，你還是不是全民偶像？」

『我首先是妳的男朋友，其次才是偶像。』

雲朵好感動，「嗚嗚嗚，唐一白，謝謝你！」

『雲朵，我想聽的不是謝謝。』

「那你想聽什麼？」

『呵。』

他這一聲輕笑像一根羽毛碰在她心尖上，又把她弄得臉龐微熱。她心一橫，對著手機重重地嗯嘛了一下。

幹完這件羞恥的事情，一抬頭，恰好看到劉主任近在眼前，表情淩亂。

雲朵嚇得差點把手機扔出去，「劉主任……您、嚇我一跳。」

「是妳嚇我一跳，」劉主任不滿地輕輕哼了一聲，「不好好工作，上班時間卻在這裡……哼。唐一白的專訪有回覆了嗎？」

「有了有了，他答應了。」

劉主任一愣，顯然也有些意外。沒想到這麼艱難的事情都被她辦到了，於是他也不好意思批評她，只是丟下一句「好好幹」就去別處巡視了。

雲朵拍了拍胸口，對唐一白說：「剛才被主管看到了。好了，不和你說了，你什麼時候有空？我去找你。」

『冬季錦標賽結束後的一天吧，我去找妳。』

「不用那麼麻煩，我是記者，找誰都容易，公司報帳喔！」

唐一白卻不容拒絕，『我那天休假，我去找妳。』

「好。」

祁睿峰得知了唐一白要去報社找雲朵，他有點不解，「為什麼不讓雲朵來找你？」

「你不知道。」唐一白眼睛瞇了瞇，「那間公司裡有個野男人成天惦記我女朋友，我必須適時現身一下，否則那個王八當我是死的。」

很少聽唐一白爆粗口，可見他有多討厭那個野男人。祁睿峰同仇敵愾了一下，接著又說，「休一天假也不能回家，你又去找雲朵了，我們要去哪裡玩呢？」

「你可以自發加訓。」

「呵呵。」

即使是最勤奮的運動員也是需要休息的，祁睿峰才不可能加訓。何況他已經和向陽陽他們說好了要去玩，想了想，祁睿峰眼睛一亮，「我們跟著你去找雲朵玩吧？」

唐一白也學他冷笑：「呵呵。」

※　※　※

冬季錦標賽的舉辦地點是D市。在這類不重要的賽事裡，許多運動員會選擇兼報副項，盯上唐一白死對頭的祁睿峰就不說了，唐一白自己也兼報了一項一百公尺蝶式，和鄭凌曄同場比賽。唐一白的蝶式成績很好，曾經可與日本選手一較高下，雖然現在主攻自由式了，但畢竟實力擺在那裡，因此賽前不少人看好他奪冠。

比賽結果，唐一白確實發揮了正常水準，不過最後的冠軍是鄭凌曄。

連唐一白都有點意外。倒不是說他有多自戀，而是鄭凌曄這個人成績一直特別穩定，不論是大賽小賽，他成績的變動很小。可是現在，鄭凌曄發揮得比以往任何時候都要好，成績提高了0.2秒。這並不是一個很大幅度的提升，但是把這個數字放在鄭凌曄身上會讓人覺得很不容易。

這是一個突破。

唐一白敏銳地察覺到了這一點，他有些欣慰又有些好奇。他問鄭凌曄，「你是怎麼做到的？」

鄭凌曄抿了抿嘴，答道：「白哥，我不想拖累你們了。」

唐一白了然。亞運會的混合式接力他們雖然拿了金牌，其實形勢不容樂觀。明天還好說，至少成績的浮動性很大，有希望發揮特別好，趙越如果保證狀態不下滑有那麼厲害的話，也還能一戰。但是在第三棒蝶式這裡，中國的成績較弱，到了大賽上只有被虐的份。鄭淩曄意識到了這一點，所以在儘量提高成績。至於他是怎麼做到的，要提升比賽成績沒有任何捷徑，一定是源於更加刻苦的訓練，以及無比堅定的信念。

他拍了拍他的肩膀，「加油。」

兄弟之間，不需要說太多。

本次比賽的亮點除了賽場上，還有賽場外，尤其是唐一白受訪時看向某個年輕女記者時那赤裸裸的眼神。現場目擊者紛紛表示：如果這傢伙沒有打雲朵主意，我就把麥克風／攝影機／錄音筆吃下去……

幸好體育記者還保留著一點節操，不會在沒有證據的情況下單憑想像力就構造出一篇新聞稿。然而，唐一白離開時看向雲朵的那個意味深長的眼神，又讓一眾圍觀者淩亂了。

記者A：「你們猜他那個眼神是什麼意思？」

記者B：「洗乾淨在床上等我。」

記者CDEF：「……」

一個答案直接終結話題！都不能愉快地討論了！會不會聊天啊你！

2 大丈夫：日文，沒問題之意。

第八章
浪花一朵朵

唐一白他們當天晚上坐飛機返回B市，他接著和伍總一起與那家瑞士品牌腕錶的中國區某高層吃了頓飯。腕錶代言的合約已經簽了，近期可能要舉行一些宣傳活動，還要拍攝廣告。對方在見到唐一白之前就對他很感興趣，見到之後更是滿意，合約談得很順利。

這次高層拿給唐一白一對情侶腕錶。那是他們即將上市的新品，本來想讓唐一白戴著參加冬季錦標賽，不過歐洲那邊耽擱了，腕錶一直沒送到他手上，等送來時，冬季錦標賽已經開始，也只能作罷。

不過他們也沒什麼遺憾。唐一白炙手可熱，以後公開露面的機會肯定很多。並且，這次他們的廣告企畫特別有心機，明明主打產品是情侶腕錶，偏偏主角只有唐一白一個人，這就給觀眾留下一個問題：男式的被唐一白戴著，女式的呢？

各種妄想唐一白的女士們，既然不能泡到唐一白，我們還不能戴和他成雙成對的情侶錶嗎……

唐一白本人還不知道這些巧思。他看到了情侶腕錶，自然想到了情侶，而女式手錶要送給誰，他有著非常明確的目標。

第二天，唐一白帶著這兩隻腕錶去找雲朵。

關於唐一白的到來，雲朵已經知會過公司主管，因此同事們對他的到來沒有很驚訝，不過依然興奮，尤其是女同事，圍著他各種求合照，雲朵只能擠在一邊乾看著。還是唐一白先開口了，「對不起各位姊姊，我需要做採訪了，一會兒還有別的事。」

「啊，你忙你忙，對不起喔打擾你這麼久。」

「真是一個有禮貌的孩子！」

孩子……唐一白好囧，他看到雲朵在偷笑，於是微微瞇了一下眼睛。

「有機會姊姊幫你介紹女朋友吧！」

唐一白斷然拒絕，「謝謝，不用。」

此時雲朵走過來，在眾人羨慕嫉妒恨的目光中帶走了唐一白。雲朵心想，不過知道她是唐一白的專訪記者，她們就這麼羨慕她，如果得知她是唐一白的女朋友呢……她會不會被做掉啊？

兩人走進會客室，雲朵剛關好門，唐一白突然將她按在了門上。猝不及防的吻就這樣壓下來，堵在她的唇邊。

不要這樣突然發情啊……

雲朵的腦子一下子亂了，用力掙扎。

唐一白咬了她一下便分開，舔了舔嘴唇，壓低聲音笑，「這是懲罰。」

雲朵紅著臉推開他，捂著嘴巴含糊地說：「辦正事！」

會客室已經安排就緒，文件、錄音筆，甚至包括她喝了一半的咖啡。

雲朵幫唐一白拿了一瓶未擰開的礦泉水，唐一白卻指指她的咖啡，「我想喝這個。」

「不行，你是運動員，不能喝咖啡。」

「偶爾喝一次沒關係。」

「不行不行。」

唐一白卻伸手握住那盛有咖啡的馬克杯，「不給我喝，我就喝妳的。」

「你……！」這個人怎麼越來越無賴了！

雲朵只好拿了免洗紙杯，出門幫他裝咖啡。剛出門就看到林梓端著杯子路過，他問雲朵：「妳要做什麼？」

「倒點咖啡。」

「正好我也去，我幫妳吧。」

「喔，好，謝了啊！」

「跟我客氣什麼。」

林梓拿著紙杯走到一個無人的角落，躲避了監視器，蹲在地上假裝擦鞋子上的汙物，然後從懷裡掏出一個紙包，打開，把一包細小的粉末都撒進那紙杯裡。他起身，從正上方抓著紙杯，用手掌掩蓋住杯內的粉末，步伐從容地朝休息間走去。

會客室內，雲朵打開了錄音筆，不許唐一白再胡說八道。唐一白便正襟危坐，一本正經地回答她的提問，她看著又想笑。

這時，林梓敲門走進來，把倒好咖啡的紙杯放在桌上，「雲朵，妳的咖啡。」

「喔，好，謝謝你啦！」

唐一白將咖啡移到自己面前，挑眉對林梓笑了笑，「該說謝謝的是我，謝謝。」他笑得有些囂張。

林梓垂目沒有回應，轉身離開了。

唐一白端起咖啡，放在鼻端輕輕嗅了一下，「還挺香。」

雲朵看著他俊秀的眉眼，還有唇角那莫名其妙的笑，她突然說：「你還是別喝了吧？」

唐一白覷她一眼，「為什麼？妳的跟班不就是我的跟班嗎，他幫我倒杯咖啡能委屈到他嗎？」

「什麼亂七八糟的。」雲朵搖了搖頭，傾身從他手上拿過那杯咖啡，「你看，現在到處都在吵食品安全問題，許多我們吃的、喝的東西之所以沒有問題，只是因為它沒有爆出來，並不是真的一點問題都沒有。萬一這咖啡也有問題呢？要是含有瘦肉精之類的激素呢？」

「妳想像力太豐富了，不會的。」他說著，伸手拿他的咖啡。

雲朵卻伸出爪子擋他，「不行，不怕一萬就怕萬一啊，你是運動員，身體禁不起半點汙染。」

唐一白笑了，「雖然妳說的話很有內涵，但我還是想喝。」

「不給你。」雲朵乾脆把那紙杯裡的咖啡直接倒進了她自己的馬克杯裡。倒完了還晃了晃，保證一滴不剩。

「雲朵，妳唔——」

雲朵飛快地親了他一下，然後扭開頭，「可以閉嘴了吧？」

唐一白摸著自己的嘴唇，一臉的幸福和夢幻，「這是妳第一次主動吻我。」

「不要說出來啊！」雲朵紅著臉，無語地敲了敲桌子，「錄音筆還開著呢！」

好吧，他承認自己有點得意忘形了……

最後他們只好刪掉錄音筆裡的內容，重新開始。

在唐一白的配合下，這次專訪很順利，只用了四十幾分鐘就結束了。結束後，唐一白從包包裡摸出一個大大的盒子擺在桌上。

「這是什麼？」雲朵問道。

唐一白學聰明了，先說：「錄音筆可以關了。」

「喔。」

雲朵關掉錄音筆後，唐一白打開那個盒子，雲朵看到裡面躺著兩隻腕錶。造型一看就是一對，一個大一個小，是情侶腕錶。

她看著那對腕錶說：「很漂亮，是你買的？很貴吧……」

「不是，是別人送的。」

「誰這麼大方？」雲朵想著，突然懷疑地瞅著他，「是不是女粉絲？」

唐一白哭笑不得，「想到哪裡去了？我接了這個腕錶的中國區代言，這是廠商送的。」

「啊啊啊！唐一白你竟然可以接到這樣的代言？你知不知道這類奢侈品找代言人都特別挑剔，你的地位比演藝圈當紅小生高級了啊！」雲朵好激動，眼冒星星地看著他。

唐一白揉了揉她的髮頂，說了句特別俗的詞：「妳喜歡就好。」

他把小的那隻腕錶拿出來幫她戴上，她的手腕很細，弱弱的，像是一用力就會掰斷，唐一白便刻意放輕了動作。等幫她戴好了，他伸出自己的手，「該妳了。」

雲朵拿著手錶，心情澎湃，這種交換戒指的感覺是怎麼回事……一定是我想太多了……

戴好情侶手錶，唐一白看著雲朵整理東西，他說：「雲朵，今天不要工作了，我們出去玩吧？」

雲朵有些好笑，「怎麼可能。」

唐一白有些鬱悶，「我難得有一天假。」

雲朵便心軟了，卻又為難，「但我要怎麼跟主管說呢？班上得好好的，突然請假？」

「不然，我跟你們主管說？」

「你要怎麼說？」

「妳不用管，告訴我主管在哪裡。」

雲朵把唐一白帶到了劉主任的辦公室。她在門口等他，沒一會兒他就出來了，輕輕扶一下她的肩膀，「好了，我們走。」

雲朵好奇地問他，「你怎麼跟劉主任說的？」

唐一白卻笑而不語。

不管怎麼說，可以翹班出門玩耍了，雲朵很高興。

然而，剛走出報社大門，唐一白便告訴她一件悲慘的事實：祁睿峰、向陽陽、明天、鄭淩曄，這四人組成的邪惡小團體，此刻正在唐一白的家裡等著他們回去。唐一白稱呼他們四人為「燈泡男孩」組合，英文名是「DP-boys」。

雲朵很驚訝，「他們為什麼要來？你不是來和我約會的？」

「我是來約會的，可是他們明知道我要和妳約會，還是恬不知恥地跟來了。他們說沒地方玩，想跟我們一起。本來他們還想跟我來報社，被我制止了。」

雲朵摸了摸下巴，若有所思，「唐一白，我覺得你才是你們這一群人的領袖啊，你不和他們玩，讓他們寂寞的。祁睿峰和陽陽姊還是奧運冠軍呢。」

唐一白扶著額，「別說了，我也不想。」

雲朵倒是很快就看開了，她又不是有異性沒人性，況且她也挺想念陽陽姊的。

兩人回去時，那四個人正守著電視打電動。別看鄭凌曄話不多，玩起遊戲著實威猛，此刻正一對三，戰得正爽。

看到他們回來，祁睿峰招呼道：「唐一白，過來弄死他。」

唐一白說：「峰哥，我們可以出發了，車鑰匙在哪裡？給雲朵吧。」

祁睿峰卻很固執，堅持讓唐一白幫忙報仇，「你先弄死他。」

唐一白無奈道：「我弄不死他。」

「我來。」雲朵抄起了遊戲手把。

半分鐘後，雲朵扔開手把，「ＯＫ，可以出發啦。」

其他人都一臉佩服地看著雲朵。

唐一白找到車鑰匙，遞給雲朵，「妳來開車，可以嗎？」

「應該可以，車上有導航吧？」

「有。」

雲朵看了一眼鑰匙，「啊，賓士！」

祁睿峰哼一聲，「大驚小怪。」

雲朵有點疑惑，「這是誰的車？」

唐一白答道：「我們從袁師太那裡借來的。」

她更加疑惑了，「那是誰開過來的？你們都沒有駕照。」

向陽陽答道：「是食堂的炒菜小弟幫忙開過來的。」

車是一輛全尺寸SUV，很霸氣，完全容得下他們六個。雲朵開車，唐一白坐在副駕駛座，另外四人坐二三排。他們的目的地是近郊的一個度假村，大家想在湖邊吃烤肉，車上載著食材。

雲朵開車的經驗不是很豐富，在市區還好，等上了高速公路，想到車裡坐著什麼人，她突然有點緊張了。

兩個奧運冠軍、一個全民偶像，另外兩個稍差一點，但好歹也是國家級選手——都很值錢啊！這幫人的身價加起來換成鈔票的話，一台車裝得下嗎？

這真是一個有深度的問題。

唐一白對雲朵說：「感覺有點像爸爸媽媽帶著孩子們出門旅遊。妳覺得呢？」說完，期待地看著她，等著她曖昧的承認。

雲朵：「我覺得像在開運鈔車……」

※ ※ ※

度假村很大，依山傍水的。不過現在是冬季，湖面都結冰了，山也是灰濛濛的，只是間或有那麼一縷松柏的翠綠色。因此會在這個季節來度假村的，一般是衝著泡溫泉而來。然而，游泳運動員幾乎天天泡在水裡，對泡溫泉沒什麼興趣。

白茫茫的湖邊，只有他們一夥人在燒烤。

喔，還有一個老人家在釣魚。這時候要是再配點雪，那就是「孤舟蓑笠翁，獨釣寒江雪」了，特別特別有意境。

雲朵就是這樣想了一下，卻沒想到像是變魔法一樣，陰沉沉的天空突然飄下雪來了。

她張開手，接了幾片雪花，忍不住在內心咆哮：這樣也行啊？

下雪了就不能露天烤肉了，幸好度假村飯店的設備齊全，可以提供他們沙灘傘。除了傘，烤具自然也是跟飯店租的，還有炭火。其實飯店也提供食材，醃製串好的羊肉啊、骨肉相連什麼的，不過祁睿峰他們基於食品安全考量，還是自己帶了食材。

雲朵看到他們從後車廂裡取出一堆東西，不管是羊肉還是蔬菜都串得特別整齊均勻，很有條理地分門別類，用食品專用塑膠袋套了兩層。還有調料盒，裡面的調料很齊全。

雲朵有點驚訝，「這是你們自己準備的？」很不簡單嘛！

向陽陽搖頭道：「不是，是食堂的炒菜小弟幫忙準備的。」

雲朵喃喃道：「為什麼感覺食堂的炒菜小弟出鏡率略高啊？有一種他才是隱藏ＢＯＳＳ的感覺……」

唐一白笑著用指關節輕輕敲了一下她的腦門。

幾個人在沙灘傘下擺開陣仗，開烤。雪下得越來越大了，雪花像指甲一樣大，紛紛揚揚的，像是有仙女從天上播撒白色的小花。

那個垂釣的老人似乎不太適應「獨釣寒江雪」的意境裡亂入一群吃貨，他起身，整理了一下東西準備離開。路過那個冒著滾滾濃煙的烤具時，老人的臉抽搐了一下，問道：「你們要買魚嗎？」

「什麼魚？」祁睿峰探頭看向他的魚簍，裡面躺著十幾條銀白色的小魚，個頭很小，還不如他的小拇指大，他撇了一下嘴角，「這麼小。」

老人解釋道：「這是多春魚，長不大的。」

明天：「好淫蕩的名字！」

老人：「……」

雲朵說道：「多春魚很好吃喔，而且不用破肚處理，牠的消化系統很小，肚子裡都是魚卵。」

老人點點頭，讚賞地看一眼雲朵，像是找到了知音。

向陽陽聽到雲朵這麼說，便端著乾淨的大盤子擠過來，「是嗎？那都賣給我們好了！」

雲朵有點囧，「陽陽姊不要急，我們還沒談好價錢啊……」

老人伸出一個巴掌，「這些魚，五十塊人民幣。」

六個人，有五個人殺價技能為零，雲朵則是不好意思討價還價，畢竟是老人家大冷天裡辛苦釣上來的。

老人見他們猶豫，便又說道：「除此之外，我還可以幫你們生火。」

這個條件太棒了，幾人連忙點頭，紛紛退散。只見那位老人從懷裡摸出一個綠色扁平的玻璃瓶，裡面是高濃度的二鍋頭。他喝了一大口酒，朝著烤爐中的炭火一噴。

呼——火苗冒起來了。

雲朵：竟然如此簡單。

老人把剩下的半瓶酒送給了他們。祁睿峰又對他的釣具感興趣，於是花了三百塊人民幣買下來。

火生起來了，雲朵站在爐子旁邊翻烤食物，唐一白用一把扇子幫忙搧炭火，其他人負責流口水。等了一會兒，祁睿峰有點不耐煩，和向陽陽一起去河邊釣魚了。明天和鄭凌曄一人拿兩個調味料瓶，等著撒調味料。

第一批食物烤好後，唐一白拿著一串肉送到雲朵唇邊，「嚐嚐？」

雲朵咬了一塊，嚼了嚼，眼睛一亮，「好吃！我真是個神廚啊！」

唐一白也笑了，揉了揉她的腦袋，然後把剩下的肉吃掉了。吃完後又遞給她一串烤蘑菇。他把她推到一邊，「妳休息一下，我來。」

明天左手一串羊肉，右手一串脆骨，一邊吃一邊膜拜地說：「姊姊妳太厲害了！我要嫁給妳！」

唐一白淡淡地掃了他一眼。

明天噎了一下，趕緊補救，「不是，我意思是，我要把一白哥嫁給妳！」

唐一白牽起嘴角，斜著眼睛看雲朵。

雲朵紅著臉不理他們，招呼岸邊的兩個人，「陽陽姊、祁睿峰，快來吃吧！」

向陽陽提著魚簍風風火火地跑過來，把裡面的魚倒進裝著多春魚的大盤子。這麼一下子，她和祁睿峰就又釣了五六條，成就感爆棚。她抓了幾串吃的，轉身回去。從始至終祁睿峰連頭都沒回，可見有多專注。雲朵看到雪在他身上積了一層，估計再過一會兒就會看不出他是個人了。向陽陽顯然也發現了這一點，走過去，用圍巾啪啪地幫他把雪都打掉了。祁睿峰冷不防被打一頓，魚竿都脫手了。

雲朵：突然有點心疼祁睿峰……

明天和鄭淩曄去飯店搬了酒過來。他們倆也真是博愛，搬來的酒五花八門，有葡萄酒、有梅子酒、有啤酒，還有一瓶五糧液。另外也沒忘記一白哥的囑咐，拿了一瓶果汁給雲朵。

雲朵卻想喝點酒。

祁睿峰終於捨得回來了，幾個人圍著烤爐喝酒吃烤肉，快活無邊。雪漸漸地變小，此刻湖面已經落了均勻的一層，目之所及，天地間都是白茫茫一片，空氣格外清新。

雲朵把多春魚用鹽和料理酒簡單醃了一下，放在烤爐上。這種魚的肉質很嫩，魚卵很多，基本上不需要複雜的調理，便能吃到最原始單純的鮮美味道。於是剛烤好，可憐的二十多條小魚便被一搶而空了。

吃完了，大家還覺得意猶未盡。

不過也真飽，今天他們胃口很好，帶的食材都吃光了，還吃了小魚。大家撫著肚子，收拾狼藉的現場。

可能是因為喝了點酒，雲朵覺得自己心臟跳得有點厲害，怦通怦通的，像隻嗑了藥的小白兔。

唐一白見她紅著臉撫摸胸口，擔心她不舒服，問道：「妳怎麼了？」

「沒什麼，就是覺得……呃，有點激動。」

他摸了摸她的額頭，「喝酒的原因吧？」

「嗯，應該是。」

「先回飯店休息。」

其實這幾人之中，雲朵喝酒算最少的，向陽陽都喝醉了呢，回飯店的路上一直唱歌，祁睿峰還在一旁鼓掌幫她打拍子。

他們決定休息一小時，然後集合去溜冰。

然而，雲朵躺在飯店的床上卻怎麼樣也睡不著。她一點也不累，心跳依然有點快，但不混亂，頭腦格外清醒，甚至覺得自己渾身充滿力量，有種小宇宙在靜靜燃燒的感覺。

大力水手吃了菠菜也不過如此吧……

啊啊啊，到底是怎麼回事？為什麼那個梅子酒會這麼猛，難道它其實是壯陽酒？

嗚嗚嗚……

她只好起來，用手機刷新聞。看了差不多一個小時，唐一白來敲她的門，問她醒了沒。

他們要去溜冰了。

溜冰場是度假村開闢的正規露天溜冰場，經過了冰層測試，厚度達標之後才會開放。可能是因為在郊區，溜冰的人不多，比什剎海差遠了。

游泳運動員的身體協調性都不錯，就算以前沒溜過冰，這次踩著溜冰鞋找找感覺，也就摸出門道學會了，很快就能像小帆船一樣穿梭而過。

只有雲朵，一次次地摔跤。

雲朵：……

明明都壯過陽了啊！怎麼還是這麼弱！

唐一白看不下去了，朝她伸手，「我教妳。」

「不要。」雲朵固執地爬起來，跌跌撞撞地滑了沒幾步，咣噹！又倒了。

唐一白忍著笑過去扶起她，「痛不痛？」

「不痛。」

雲朵想要推開他，唐一白卻抓著她的手不放，「跟著我，不要動。」

她只好聽話，就這樣像個木偶一樣被他拽著走。她動作少，對他的干擾就少，兩人平穩地前行，沒有再摔跤。

雲朵看著他。他今天穿著薄薄的羽絨衣，短款的，在腰間收緊，顯得腰身窄窄的；踩著溜冰鞋顯得腿長得不像話。

即使是冬天的厚衣服，也難以掩蓋他魔鬼般的身材。

男朋友的魅力真是太大了……

唐一白緩緩停下來，扭頭看了雲朵一眼，見她眼睛亮亮的，像火苗一樣，他笑了，「妳那是什麼眼神，好像立刻就要扒光我衣服。」

「什麼啊！」雲朵別開臉不看他。她推開他的手，自己獨立地向前滑。

咣噹——

好吧，絕望了。

唐一白再次把她扶起來。這次他從她背後扶著她的腰，推著她向前走，越走越快，漸漸地遠離人群。

眼前的景色飛快地變化，她沒有做任何動作卻被迫向前衝，於是嚇得尖叫，「啊啊啊！停！」

唐一白並沒有停下來。他低著頭，用下巴蹭她冰涼柔軟的秀髮，然後向前探，找到她白皙的耳廓，在小巧的耳垂上輕輕吻了一下。

耳邊突然出現的柔軟觸感讓雲朵著實嚇了一跳，忍不住用力一抖。唐一白此刻心蕩神搖的，也沒有集中注意力去保持平衡，被雲朵一帶，兩人就這麼摔下去了。

咣噹咣噹！

他們斜著摔出去，雲朵跌在唐一白身上。她剛要爬起來，唐一白卻翻身將她壓在冰面上。

她沒有餘力反抗，被牢牢禁錮住，親吻落了下來。

同時雙手插進她的秀髮中，固定她的腦袋不許她亂動。

雲朵的臉很熱，腦袋亂糟糟的，想提醒他這裡是公共場合，然而一開口，他靈活柔韌的舌頭便滑進了她的口腔。一開始有些盲目，但他很快找到了節奏，舌尖掃著她的口腔，勾著她的香舌嬉戲。吻了一會兒，他的舌頭稍稍退出，接著又強勢擠進去，感受著她唇齒對他的輕微刮蹭，如是再三。這幾乎是本能，儘管她此刻也許並不知道那有什麼特別的暗示。

雲朵被他吻得魂都快沒了。他含著她的舌尖吮吸，她就覺得自己的力量在流失，都被他吸走了，他像個專吸人精氣的妖怪，然而她卻心甘情願。手臂抬起來，攬住他，閉著眼承受他越來越急促的索吻。心跳更快了，身體裡澎湃的力量卻都被他攝走了，她被吻得軟綿綿，卻有種說不清的舒服。

兩人的呼吸淩亂交織，唐一白捨不得放開她，恨不得就這樣與她化在一起，化成一片春水。雲朵卻漸漸支撐不住，呼吸越來越困難，推開了他。

她喘著粗氣，看著他凝亮的眸子心想：難道我只是慾求不滿了嗎……好羞恥！

溜冰玩累了，幾人又跑到KTV裡唱了半天的歌，連晚飯都是在那裡吃的。雲朵的耳朵遭受了慘無人道的荼毒，出來的時候都快要懷疑人生了。

眾人在飯店休息了一晚，次日起了個大早，要趕回隊上。

歸隊時，祁睿峰和唐一白分別接到了國家反興奮劑機構要對他們進行賽後體檢的通知。

體檢有賽前體檢、賽後體檢、賽外體檢之分，一般比較重大的賽事，賽前賽後都要體檢，而冬季錦標賽這樣規格不算很大的，多數是賽前體檢，偶爾會進行賽後抽查。這次冬季錦標賽沒有賽後抽查，所以唐一白有些奇怪，問伍總，「不是說沒有體檢嗎，怎麼又有了？」

伍總臉色不太好，「你和小峰被人舉報了。」

唐一白擰眉，「誰這麼無聊？」

運動員如果被人舉報使用違禁藥，反興奮劑機構有權隨時對他們進行體檢。這次又是剛剛比賽完，自然要加一個賽後檢查。

伍總搖搖頭，「人怕出名豬怕肥。小峰不就經常被舉報嗎？看開點。」

「嗯。」唐一白點點頭，他也沒什麼看不開的，反正他又沒做虧心事。

體檢當天就進行了，只有尿檢一項。沒有人喜歡尿檢，因為你必須在別人的虎視眈眈下排尿，想想就頭疼。

唐一白也沒把這次的體檢太當真。晚上和雲朵通電話時他隨口說了這件事，雲朵也覺得現在有些人真壞，就是見不得別人好。

※　※　※

唐一白抽時間拍攝了那個腕錶廣告，也是這個時候，他才真正明白對方在打什麼主意，果然他還是太年輕了……

廣告在電視和網路上播出，另外還有平面廣告，拍得像模特兒的寫真巨作一樣，放在時尚雜誌裡。然後呢，代理商還花錢買通了不少微博寫手，有行銷帳號在微博上振臂高呼：今夜我們都是唐一白的女朋友！

廣告播出去之後，腕錶的銷量好得超過預期，廠商高興得闔不攏嘴。

唐一白卻覺得現在這個情況不太妙。雲朵會不會不高興呢……

雲朵：呵，當你看到那麼多人戴著和你戀人成對的情侶腕錶，而且這還是你戀人各種出賣美色造成的效果……你高興給我看看？

打電話時，唐一白趕緊低聲下氣地向女朋友賠不是：「朵朵，我錯了。」

朵朵……

不行，太肉麻了，雲朵都忘記生氣了，『我爸媽才喊我朵朵。』

「現在加一個好不好？」

『好啊，豆豆。』

唐一白：「……」忍了！

唐一白柔聲說道：「不要生氣了好不好？我真的不是故意的。」

雲朵覺得自己的心太軟了，怎麼他一哄她，她就硬不下心呢？她嘆了口氣，抱怨道：『你怎麼不提前跟我說呢？』

「我真的不知道，如果知道了，我也不接這個工作。」

『哼哼哼，可是你有那麼多老婆，』雲朵突然找到另一件使她生氣的事，『你去看看你微博吧，你現在不是國民偶像，是國民老公！』

唐一白的聲音依然溫柔得可以醉死人：「妳也可以叫。那麼多人叫我『老公』，我從來不回應，妳叫我才回。」

雲朵被他說得臉紅了，小聲說道：『你怎麼越來越油嘴滑舌了……讓人家一點安全感都沒有。』

「怎麼會沒有安全感？妳放心，我們隊裡除了漢子就是女漢子，除非我是彎的，否則絕不會做出對不起妳的事。」

『那還有女明星呢？那個誰漂不漂亮？』說到這裡雲朵更難過了，唐一白前幾天出席活動，直接被演藝圈某女明星襲胸了，女明星的粉絲還到處說這對姊弟戀好萌好萌，對此雲朵直接回覆：萌你老母！

然後她被追著罵了好久好久……

此刻唐一白聽到她提及此事，委屈地說：「妳男人被非禮了，妳怎麼也不同情一下呢？」

『我……』被他這麼一說，雲朵也沒什麼不滿了，她說：『好吧，安慰你一下。以後躲著點！』

「好，一定。其實妳不用擔心。」

『怎麼說？』

唐一白笑，「她們都不如妳漂亮。」

雲朵摸著燥熱的臉蛋，突然有些惆悵了。她到底是交到了什麼樣的男朋友啊？美貌值爆表，情商、智商特別高，嘴巴甜哄女人的技能MAX……真的讓她毫無招架之力！跟這傢伙在一起她是不是一輩子都翻不了身了！

吃過午飯，伍勇在訓練場外揹著手來個飯後散步，迎面看到袁師太走過來。袁師太叫他，「伍大鬍子。」

「怎麼了？」

她遞給他一份列印報告，「一白的尿檢報告，我順手幫他拿了。」

「謝了啊，」伍勇接過來，隨手翻看兩眼，「都沒什麼事吧？」

「沒事。」袁師太說完就要走。

「噯，那個……」伍勇叫住她。

「還有什麼事?」

「沒什麼,就是覺得……妳不罵人的時候也挺可愛的。」

袁師太翻了個白眼,「神經病。」

下午訓練時,唐一白不無期待地問伍勇,「伍總,今年元旦我們會放假嗎?」

伍勇冷笑,「放你個頭。」

唐一白:「……」伍總今天又沒吃藥了吧?火氣這麼大。

好遺憾,不能和雲朵一起過新年了,不知道能不能訓練完去找她……

接著伍勇擊碎了他的幻想:「不只不放假,你跨年夜那天晚上訓練完,還要參加一個活動。」

唐一白的臉頓時垮下來。訓練他尚能接受,參加商業活動就有點頭疼了。因為呢,演藝圈裡不少姊姊特別奔放,老是喜歡調戲他,更可怕的是某些男人也調戲他……

除了自家女朋友,他真的不希望被別人調戲,否則就算他是無辜的,這種事情多了他也不好和雲朵交代。

不只如此。那些在演藝圈混久的人都特別會惹事,跟誰都是好哥們,每次一有活動,就老是請唐一白一起吃飯喝酒。如果他每次都拒絕,顯得太清高,可不拒絕呢,他哪來那個美國時間跟這個吃飯、跟那個泡吧?有這種功夫還不如調戲女朋友呢!

後來還是伍總幫他解決了難題。不論是誰邀請，他只需要一律回答「教練不准」，反正他教練本來就長得「不像什麼好人」（袁師太原話），當這個惡人再合適不過。

※　※　※

十二月三十一日，唐一白從泳池爬出來後匆匆洗了個澡，換了衣服去參加某個跨年活動。他在路上打了通電話給雲朵，問她在做什麼，雲朵回答在和路阿姨一起逛街買東西。看樣子他不在身邊，她過得一點也不寂寞啊……

唐一白問道：「我爸呢？」

雲朵：『放在老公寄存處。』

唐一白好像看到了自己的未來。

雲朵說了幾句就匆匆掛了，她在幫路阿姨看衣服。

唐一白有點惆悵了。跨年夜他們過得多熱鬧，他卻要參加莫名其妙的活動。基於自己運動員的身分，唐一白有充足的理由提前退場，主辦方也理解他這一點，所以他十點多就出來了。

原計畫是趕緊回去睡覺，但是他現在想見雲朵，特別特別想見。

所以，去他的規定！

他知道爸爸媽媽現在基本上都不熬夜了，所以此刻他們應該已經回家，或者正在回家的路上，唐一白打電話給雲朵：「朵朵，我們出來玩吧。」

『玩什麼？你該回去睡覺了，明天還要訓練呢。』

「我現在要見妳，見不到妳我就睡不好覺，睡不好覺明天就不能好好訓練。」

『好幼稚的理由……』

雲朵最後還是拗不過他，半路下車了。唐叔叔本來打算把她送去和豆豆見面，但是現在這個路況太塞了，這樣來回，叔叔阿姨回去時必定會很晚，影響到休息，所以雲朵固執地拒絕了，自己叫了輛車去和唐一白會合。

※　※　※

唐一白穿著藏藍色風衣、卡其色休閒長褲、棕色牛皮靴，兩手插著口袋站在路燈下等雲朵。他的身材太好了，即使戴著口罩也引得路人頻頻側目。

終於，有兩個女孩壯著膽子上前問道：「請問你是唐一白嗎？」

「我不——」

「啊啊啊！唐一白！」女孩不等他回答就瘋了。

唐一白：「……」不按常理出牌太可怕。

然後兩個女孩圍著唐一白要簽名要合照，還打電話想召集小夥伴。唐一白有點著急，頻頻望著路邊經過的計程車。

終於，有一輛車停在他們面前，車窗搖下來，露出一個女孩的臉。

女孩板著臉一本正經地問，「先生，你叫車嗎？我們順便載你一程？」

唐一白微微一笑，「好啊。」

另外兩個不明真相的小粉絲見狀，連忙討好道：「美女也載我們一程吧？」

雲朵笑問：「妳們去哪裡？」

「唐一白去哪裡我們就去哪裡。」

「呵呵，想得美！」說完就搖上車窗。

唐一白剛拉開車門，聽到這句話，忍不住笑出聲。他坐上車後攬著雲朵的肩膀，湊近輕聲問她，「吃醋了？」

他離得太近，簡直快要貼上來了。雲朵伸爪子蓋在他臉上，防止他有進一步的行動，「司機大哥在看呢……」

前面的司機大哥立刻說：「我什麼都看不到，你們隨意。」

唐一白臭不要臉的，伸舌頭舔了一下她的手心。

雲朵像是被電了一下，紅著臉趕緊收回手，她小聲說道：「你是小狗嗎……」

唐一白恬不知恥地笑，「我要是狗，妳就是包子。」

司機大哥聽不下去了，打開了廣播。這時候他寧可聽各種治療不孕不育的廣告，也不想別人的情話。單身狗傷不起啊，傷不起。

兩人最後去了南鑼鼓巷。

跨年夜，到處都是人。唐一白又把口罩戴上了，雲朵看著他的一身打扮，說：「你今天真是帥瞎人眼，不看臉也帥。」

唐一白心想，我不穿衣服更帥。當然這句話只敢在心裡想想，不敢說出來，怕會被當色狼打。

他從口袋裡摸出一個小盒子遞給她，「新年禮物。」

「謝謝。」雲朵接過那個絲絨盒子，打開一看，裡面是一個黃水晶髮夾。純淨的水晶拼湊出一串小花朵，很漂亮。

唐一白不會錯過她目光中透露出的欣喜。他很高興雲朵喜歡這件禮物。他把小髮夾取出來，親自幫她夾在頭上。映著路旁五光十色的燈，黃水晶顯得越發璀璨，襯著她青春美好的容顏。

此刻的她一定是這世上最美的景色。他捧著她的臉，眼睛笑得瞇起來，「Perfect，我的小公主。」

「誰是你的小公主。」雲朵摸了摸髮夾，接著開始翻包包，「我也準備了禮物給你，本來打算明天再送的。」

她的禮物是一條自己編的手鏈。上次幫向陽陽編了一次，她就想也幫唐一白編一條。結果有一次向陽陽看到了她編到一半的手鏈，強行和她交換了，於是雲朵只好從頭編，昨天剛剛完工。手鏈用藍白兩色的絲線編織，藍底像水，白色的菱形首尾相連，像一條條小魚。她一開始那條是白底藍菱形的，為了不和向陽陽撞，就顛倒了顏色。

唐一白伸手，雲朵親自幫他把手鏈戴上。戴好之後，他反手扣住她的手，十指緊扣。

想吻她，可是還戴著口罩。

算了，先存起來吧。

兩人手牽著手逛街，道路兩邊都是各色小店，裡面的商品很有創意，挺好玩的。逛著逛著就不自覺地買了好多，唐一白完美發揮了一個男朋友該有的魄力，從頭到尾不讓雲朵花一毛錢。

逛累了，他們停在一間酒吧裡。

酒吧在舉行跨年夜狂歡，昏暗迷離的燈光下，年輕男女在舞池裡扭得很嗨，現場歌手對著麥克風吼得聲嘶力竭。點酒的時候，雲朵有點猶豫，自從上次唐一白被人舉報，她就有了一些戒心。有些人就是見不得別人好，沒有理由。萬一這裡有討厭唐一白的人認出他，在他的酒裡下藥呢……好吧，她承認自己的腦洞有點大，但不怕一萬，只怕萬一嘛。就算沒認出唐一白，看到他這麼帥氣瀟灑，因為嫉妒下藥呢？或者是某個嗑藥嗑嗨了的人亂投毒，不小心讓唐一白中招呢？或者酒保不小心送錯酒，把有藥的那個送給唐一白了呢……生活就是這樣充滿險惡！

她翻著酒單看了三遍，最後自己點了一杯血腥瑪麗，點了一瓶礦泉水給唐一白，並且特別叮嚀不許擰開，我們自己擰。

唐一白：「……」說好的酒吧狂歡呢！誰家狂歡是喝礦泉水的？

雲朵眨著眼睛望他，嘟著嘴說：「我是為你好。」

他真受不了她賣萌，不管她做錯什麼，只要一賣萌他就會立刻原諒她，不帶一絲猶豫。何況現在她並沒有做錯，他並非不識好歹的人，當然知道她是為他好。看著這樣的她，他的心都要化了，扯開口罩一把拉過她，低頭吻住。

雲朵被他親得渾身發軟。

後來的後來他才知道：就因為她超出常人想像的小心翼翼，他躲過了多少劫難。

幾首歌過去之後，酒吧開始倒數了，午夜即將到來。雲朵和其他人一起高聲喊數字，倒數結束後，歡呼聲簡直快要掀破屋頂。

唐一白坐在角落裡靜靜地看著神采飛揚的她。這麼多年，他一直在為夢想狂奔，從來不覺得每年不斷重複的倒數有何慶祝的意義。現在靜下心來想一想，其實許多事情是不需要糾結意義的，樂在其中就是最大的意義。

他奔跑了這麼久，真的有點孤獨了，突然有人陪伴，心房像是被填滿了，與她做什麼都開心，哪怕是此刻像傻子一樣歡呼。

有妳，真好。

歡呼聲結束後，酒吧老闆跑上臺，簡短致辭，然後請服務生發新年禮物給大家。雲朵聽見拿到禮物的人各種嬉笑歡叫，她特別好奇禮物是什麼。

然而，當禮物盤送到面前時，她有點傻眼了。

裡面躺著一大堆套套。套套有各種號碼，可以自選，每人最多領十個。

雲朵剛要說話，端盤子的妖嬈女服務生卻突然捂著嘴巴驚呼起來：「啊！」

此刻燈光已經亮起來，她想必是認出了唐一白。唐一白趕緊伸出食指擋在嘴唇前，「噓——」

女服務生果斷閉嘴，直勾勾地盯著他。

唐一白淡定地戴上口罩，然後在盤子裡翻了翻，挑了一個大號的套套，「謝謝。」

女服務生莫名地臉紅了。

雲朵的臉龐也發熱，撇開臉說：「你不要拿啊。」

「不要白不要，我們在這裡消費了，當然要拿福利。」唐一白振振有詞。

雲朵扯了扯嘴角，真是好有道理喔！

已經過了午夜，他們也該回去了。要先走出巷子才能叫車，唐一白牽著雲朵的手，有點心猿意馬。路過一間飯店時，他停下來頻頻朝裡面張望，躍躍欲試的樣子，然後還別有深意地瞄著雲朵看。

雲朵的臉幾乎快滴血了，她用力地想要把他拉開，「快走。」

唐一白看著手中的套套，一臉遺憾，「不用掉多浪費，妳說是不是？」

「你……！你自己去用吧，我不管你啦！」她說完轉身就逃。

他追上來從後面抱住她，伏在她耳邊低聲笑，「嗳嗳，生氣了？不要生氣了好不好？妳要怎樣就怎樣。」

雲朵低著頭說，「我們回去吧。」

「好。」

這個時候想要回去也不容易，剛完跨年，市區到處都在塞車。雲朵的腦袋一點一點的，睏得不得了。唐一白將她摟在懷裡，「睡吧。」

也不知道在路上塞了多久，他們終於回到家，這時雲朵還沒醒呢，迷迷糊糊間感覺自己被人揹了起來，然後是一陣涼風，吹得她打了個顫。

唐一白解下圍巾，蓋住雲朵的頭和脖子，就這麼把她揹回去了。

她依然沉沉地睡著。

唐一白也睏啊，他的作息像鐵一般牢固，幾乎沒有熬過夜。此刻睏得兩眼打架，回家後二白跑到他面前獻殷勤，被他一腳揮開了。

走進雲朵房間，他輕輕地把她放在床上。這間房間已經被雲朵改造得面目全非了，床單、被套換成一套薔薇色的，很少女的顏色，像嬌嫩的花朵，配她正好。

他幫她脫去了外套和鞋子，擺一個舒服的睡姿。看著她酣甜的睡眼，他彎了彎嘴角，低頭輕輕地親她。

眉毛、眼睛、臉蛋、鼻尖、嘴唇。他用嘴巴描繪她的面容，心裡一片柔軟，溫暖得不像話。親著親著，他突然捨不得離開了。

我這麼睏，他心想，我已經沒有力氣走回自己房間了。

於是他倒在她的床上，掀開被子鑽進去，將她摟進自己懷裡。

沒有什麼複雜的目的，他只是想這樣抱著她睡一覺。她是他的珍寶，把她抱在懷裡酣然入夢，會讓人有一種盈滿心房的踏實感和幸福感。

唐一白的生理時鐘一向固定，次日早早就睜開眼睛，此時雲朵還在夢鄉裡。被子下，兩人緊緊相擁，幾乎沒有空隙，被窩裡特別溫暖，她的身體柔軟得不像話。

莫名地，唐一白的身體突然有些燥熱。

他動了一下身體，才突然發覺自己的身體某個地方有了尷尬的變化——那是男人早上常見的正常生理現象。

破天荒的，唐一白臉紅了。那一刻他想到了很多，想著她淡淡的體香，想著陽臺上他不經意間撞見的胸罩，想著昨晚酒吧裡的小小福利……

身體裡有一團火，在期待熱烈地燃燒。然而柴火躺在一旁處於休眠狀態，燒不起來……

他深吸一口氣，艱難地推開她，坐了起來。

然後下床，幫她蓋好被子。拿過一旁的大衣，摸出口袋裡的那個福利，他把它放進了雲朵的抽屜。

接著他把大衣托在身前，掩蓋著尷尬，輕手輕腳地出了門。

路女士剛起床，路過他們的房間時，不小心看到了兒子從雲朵的房間走出來。

她瞪大眼睛，隨即像是明瞭什麼，掩嘴笑了。

「咳，」唐一白連忙解釋，「我什麼都沒做。」

「我知道。」路女士答。

這下換唐一白疑惑了，「妳怎麼知道？」

「你的臉上寫滿了遺憾。」

好吧……反正他媽媽就是福爾摩斯再世，誰都別想騙她。唐一白又問，「那妳為什麼笑？」

「我笑的是，你竟然什麼都沒做，呵呵。」

唐一白：「……」

※　※　※

回到游泳隊，唐一白直接去了訓練館。下水前，他仔細地把昨天雲朵送他的手鏈摘下來收好。帶著手鏈游泳會影響速度，而且手鏈浸到泳池裡的水容易壞掉。

等回到陸上訓練時，他又騷包地把手鏈戴上去。

祁睿峰看到這條手鏈，感到很奇怪，「唐一白，這條手鏈是誰送你的？」

唐一白一笑，「你說呢？」

祁睿峰的眼神卻有點怪怪的。據他所知，向陽陽恰好在編這樣的手鏈，他看到的時候都快編好了，那麼……會不會是向陽陽送的？

向陽陽是什麼意思，難道想跟雲朵搶唐一白？

祁睿峰感覺到了危機。他身處於他們小團體的領導地位（至少他自己這樣認為），不能允許有如此不和諧的事情發生。阻止，必須阻止。

於是祁睿峰找到了向陽陽，「向陽陽，妳把手鏈給誰了？」

「咦，你怎麼知道我手鏈編好啦？」

他心想，哼，我當然知道。他說：「妳到底給誰了？」

「我給誰跟你有什麼關係？」

祁睿峰有點生氣了，「向陽陽，妳不能喜歡唐一白！」

向陽陽莫名其妙，「誰跟你說我喜歡唐一白？你神經病啊？」

「那妳為什麼把手鏈送給他？」

「你哪隻眼睛看到我給他了？」向陽陽說著，從自己口袋裡掏出她的手鏈，「喏，我才剛編好，自己還捨不得戴呢。一白戴的肯定是雲朵編給他的，你這個笨蛋！」

祁睿峰仔細看這一條手鏈，發現和唐一白那條不一樣。兩者同樣的顏色和花紋，但是是顛倒的。祁睿峰眼珠轉了轉，突然又說，「就算不是，那妳也不能戴這一條。」

「為什麼？」

「如果戴了，妳和唐一白就是在戴情侶手鏈，雲朵看到會不高興的。而且媒體一定會亂講，傳你們的緋聞。」

向陽陽摸摸下巴，「我竟然覺得你說得很有道理，你難得聰明了一次。」

「所以，」祁睿峰嚴肅地點點頭，「這手鏈我幫妳戴吧。我和唐一白是兄弟，戴同款手鏈無所謂啦。」

「好吧。」向陽陽依依不捨地把手鏈遞給他，「你要好好對待它，不要弄壞它！」

「好，」祁睿峰伸出手腕，「妳幫我戴上。」

像是執行一個莊重的儀式，向陽陽幫他戴好了手鏈，然後祁睿峰高高興興地回去找唐一白炫耀了。

由於今天是元旦，晚上訓練結束後，兩個好兄弟戴著同款手鏈參加了游泳隊贊助商的活動，一起去的還有另外幾個知名運動員。

第二天，一條來自體育圈的新聞縱橫於網路，超越演藝圈某影后的桃色新聞，成為各大網站娛樂八卦版的頭版頭條——

『唐一白和祁睿峰戴情侶手鏈參加活動，舉止親密。網友：虐死單身狗！』

祁睿峰：＃％￥＆＃＠＆＊￥！！！！！

兩個「情侶手鏈」令某些粉絲陷入了癲狂。前幾天才被祁睿峰一條微博打壓下去的CP粉氣焰再次囂張起來，什麼「花色看攻受」、「白睿黨頭頂青天」、「白睿大法好」之類的言論遍地都是，陳思琪還特意打電話叮嚀雲朵，千萬要看好自家男朋友。

然後陳思琪又說，『妳看唐一白微博下那麼多叫他「老公」的，說不定其中有男人呢，這年頭同性戀比異性戀還囂張喔，妳別不信。』

「我信……」

看網友們如此興奮，總感覺我們異性戀才是小眾群體。

雲朵覺得陳思琪挺夠朋友的，這樣一個「有八卦就有一切」的八卦記者能摒棄愛好，站在她這一邊，多不容易啊。畢竟這傢伙節操少得可憐，估計都用在這上面了……

然後雲朵把陳思琪的理論告訴唐一白，唐一白頓時有點不能直視自己的微博了，也就更不願意刷微博了。

可是伍總下了硬性任務給他：每半個月內必須更新一次微博，必須配圖，當然圖片內容不能是什麼貓貓狗狗山山水水，一定要是他！自！己！

這個任務來源也不是伍總，而是隊裡的決定。因為唐一白的商業價值越來越大，為了保持他的人氣，隊裡要唐一白在社交媒體上維持適當的曝光，反正這麼做又不會影響到訓練。

唐一白有意見只能憋著，不過呢，上有政策下有對策，他一次拍了好多照片，慢慢地用，需要發微博就從餘糧裡翻。

如此一來省了不少力氣。

他的微博留言大致如下：

A：老公你更新了！終於等到你更新！

B：拍照就拍照，穿什麼衣服？

C：老公啊，你是不是只有這一套衣服？見你穿了好多次。

D：我就看你什麼時候能把這套圖發完（拜拜）

E：老公，我們的寶寶已經四個月大了，你什麼時候把他領回家？

現在，唐一白已經不想玩微博了，然而這個任務他又必須完成，怎麼辦？

沒關係，哥是有女朋友的人。

所以他請雲朵幫忙代發微博，雲朵一聽到此要求，有些為難。

「不太好吧？」就算是男女朋友，也要互相尊重隱私嘛。

「沒什麼不好的，如果妳覺得過意不去，可以把妳的微博給我玩。」

「不。」

唐一白卻覺得自己的這個提議很棒，「妳的粉絲還不如我的零頭多，妳不吃虧。況且我是妳男朋友，有什麼是我不能看的？」

竟然覺得他說得好有道理。雲朵想了一下，說道：「我還是要先把微博刪一刪。」女孩子嘛，心思比較細膩，多愁善感，偶爾會發一些只有自己能看到的祕密日記，文字各種文青風。這種文字如果被別人看到，雲朵會覺得相當羞澀，於是果斷刪掉了事。

她就這樣被他哄得交換了微博，唐一白還特別體貼地傳了一組套圖。雲朵和那些網友們一樣疑惑：「怎麼都是穿衣服的？」

唐一白有些羞澀，「脫衣服也可以，妳要我脫到什麼程度？」

雲朵急道：「不是那個意思啊！你不是游泳運動員嗎？發泳池照就好了。這樣才比較有利於維持人氣嘛。」

唐一白笑，「妳不吃醋？」

「該吃的醋我已經吃了啊。而且大家都見慣你只穿泳褲的樣子了，全身都穿衣服才奇怪好嗎！」

她承認自己吃醋了，這讓唐一白心情愉悅。他笑道：「好好好，妳想要我做什麼都行，明天訓練時拍幾張給妳。今天先將就著用吧。」

雲朵剛登入唐一白的微博，發現訊息塞了一堆，公開留言還好，最多是「老公老公」叫的，私訊箱裡就完全是另一種畫風了——有崇拜鼓勵他的、有罵他的、有借錢的、有打廣告的，竟然還有約炮的……

果然當名人就是累啊！

雲朵看了一會兒留言。其實有些留言挺好的，知道唐一白看起來光彩，其實訓練特別辛苦，叮囑唐一白注意身體，不要累到、明年世錦賽不要有壓力，做好自己就行……總之，看起來讓人特別心暖，滿滿的正能量。

看累了，她發了一條附圖的微博，配了幾句特別雞湯的話。

片刻後，她收到了一則好朋友發微博的提醒。這個時候她才反應過來，唐一白的微博對她設置了提醒。她笑著打開那條消息，看到了「記者雲朵」最新發的一條微博。

「記者雲朵」轉發了「唐一白」的最新微博，留言是：我老公好帥。（親親）

雲朵……………………

沒有一點點防備，就這麼被他坑了。

她雖然粉絲少，好歹也是認證用戶啊，還和圈子裡的一些同行互相關注，這樣做真的好嗎！會不會被人認為她是在犯花痴啊！

雲朵只好敲他：你！

記者雲朵：老公啾啾啾╮(╯З╰)╭

唐一白：＝＝

唐一白：你玩得很嗨啊！

唐一白：趕緊刪掉啊！QAQ

記者雲朵：由於網路原因，您的訊息沒有發送成功，請停止繼續發送。

唐一白：要點臉行嗎！

唐一白：趕緊刪掉！

記者雲朵：為什麼要刪？

唐一白：怕被人看到啊。

記者雲朵：妳很怕別人知道我們的關係？

唐一白：不應該是你怕才對嗎？

記者雲朵：我不怕。我們公開吧？

唐一白：不要。

記者雲朵：為什麼？嫌棄我？

唐一白：公開之後肯定會有很多人尾隨偷拍我。你可以躲進基地裡，我能躲到哪裡去！

記者雲朵：也對，委屈妳了。

唐一白：不不不，我一點也不委屈，你趕、緊、去、刪、掉！

記者雲朵：好，妳叫我一聲老公我就刪。

唐一白：(╰_╯)#我的忍耐是有限度的！

記者雲朵：好好好，我馬上去，老公不要生氣。

唐一白：…………

唐一白離開私訊箱之後，看到那條微博雖然才發了一會兒，已經有一個人留言了，ID是「林子大了什麼鳥都有」。

呵呵，果斷拉黑。

※　※　※

春季游泳錦標賽過後不久，即將迎來春節。

雲朵把年假連著一起休，可以在家裡待兩個多星期，想想就開心。她們從大年三十開始放假，和唐一白他們同一天。

唐一白比較悲劇，算上除夕這一天，他的假期只有三天。

每年春節，唐氏一家三口都要回N市過節，今年也不例外。正好雲朵也要回去，於是四個人決定同行。

晚上，雲朵在房間裡收拾東西。女孩子嘛，東西比較多，而且越收拾越多……唐一白就輕鬆了，總共才回去三天，老家什麼東西都有，他也沒那麼講究，勉強能用就行，所以只簡單地拿了必要的東西，然後坐在自己房間裡敞開門，手裡捧著一本書，時不時地抬頭看一眼對面。

對面是雲朵的房間。

她的房門虛掩著，唐一白能聽到裡面時不時傳來東西挪動的響聲。他特別想再進去參觀一下，然而雲朵已經發話了：不需要他幫忙。

所以現在唐一白就在自己房間坐著，雲朵一開門，他立刻看向她，視線追著她跑。雲朵總覺得自己被他用眼神調戲了，忍不住步伐加快，回來時還警告性地看他一眼。

唐一白有點鬱悶，看來她真的不歡迎他。

二白溜溜達達地走過來，唐一白看到牠旁若無人地用腦袋頂開雲朵的房間，走進去，然後還轉過身關了門。

門關好前，牠從門縫看了對面的唐一白一眼。

人不如狗啊不如狗……

他拿起手機，打視訊通話給雲朵。

雲朵接了，莫名其妙地問他，『什麼事不能當面說？這麼近還用手機。』

唐一白說，「妳過來，我給妳看個好玩的東西。」

『我在忙呢。』

「妳過來一下。」

雲朵有些不服氣，『你怎麼不過來呢？』

「好，我馬上過去！」

雲朵：『……』他就是在等這句話吧？

唐一白的現身速度堪比閃電俠。他推門進去後，做的第一件事就是把二白趕出去，然後關上門，喀嚓！鎖好。

雲朵戒備地盯著他，「鎖門做什麼？」不會是要做什麼壞事吧……

唐一白尷尬地咳了一下，「防狗。」他走上前看到雲朵在疊衣服，「我幫妳？」

「不用。」雲朵停下來，歪頭看著他問：「你要和我說什麼好玩的？」

「嗯，」他抿了抿嘴，輕輕捏她的臉蛋笑著，「我覺得我挺好玩的，不信妳玩玩？」

「你……」雲朵哭笑不得，「唐一白，我發現你越來越像個神經病了！」

唐一白臉皮厚，才不怕她的吐槽。他低頭在她臉上親了一下，然後在她說出反對之前，趕緊坐在椅子上，幫她整理書桌。

雲朵擦了擦臉蛋，低頭默默地繼續忙。

她整理完衣服，把一個抱枕塞到行李箱中。唐一白好奇道：「妳回家也要抱著它？」

雲朵搖頭答道：「不是，這個抱枕舊了，拿回家去，我再買個新的。」

「想買怎麼樣的？」

「呃，怎麼樣的都可以，抱起來舒服就行。」

「多大的？」

「都行。」

他含笑望著她，「一百八十九公分的行嗎？」

「……」雲朵像是被噎到了一樣愣愣地看著他，毫無防備的，她又被調戲了。霞紅飛快地爬到臉頰上。

她呆呆的像隻嚇傻的小兔子，唐一白忍俊不禁，坐在椅子上朝她張開雙手，「過來。」

就不過去！雲朵轉過身。

兩人離得並不遠。唐一白把椅子轉了九十度，正對著她，他彎腰，長臂一伸，準確拉住她的手臂，接著用力往回一帶。

「啊！」雲朵失重地向後倒，忍不住驚叫起來。

唐一白重重一拽，使她直接摔進他的懷裡。

她坐在他的腿上，本能地抱住他的脖子。緩衝的力道剛剛卸下，高高拋起的心臟還沒落下，他已經扣著她的後腦，準確吻住了她的唇瓣。

吻得熱烈而纏綿。

舌頭撬開她的唇齒長驅直入，他翹著舌尖輕輕刮她的上顎，她忍不住向外推他，卻正好給了他機會，勾著她的舌頭糾纏嬉戲，像兩尾嬉水的小魚。雲朵捲起舌頭想躲開，他轉而用舌尖抵著她的舌根一下一下地挑逗……

雲朵被他親得暈頭轉向，渾身失去了力氣，大腦一片空白。本來想推開他，但手擋在他肩頭，軟綿綿的使不上力氣。迷糊中，她感覺大腿下有個硬邦邦的東西，被頂得有些難受。她也沒去想那是什麼，只是不舒服地挪動了一下身體。

唐一白悶哼一聲，尾音帶著淡淡的歡愉。他的喘息更加粗重，一邊重重地親吻她，一邊扣著她的腰向下按，不自覺地加大力道。

雲朵的腿被迫用力抵著那個硬邦邦的東西，她感覺到它越來越硬，而且有變大的趨勢，像是有生命力一般。唐一白輕輕挺了一下腰，它便跟著動。

她像是突然被小棒槌敲了一下天靈蓋，瞬間明瞭。

啊啊啊啊啊！色胚！

雲朵猛地甩開頭，兩人便這樣分開。她紅著臉看他，看到他目光灼熱，充滿了難以言說的渴求。他湊上前，在她唇上輕輕落落地吻著，一邊吻一邊叫她，「朵朵，我的朵朵……」

聲音裡有些急切，有些求而不得的焦躁，壓抑的暗啞。

雲朵用力推開他的臉，從他身上逃脫。她躲到房間的另一頭，紅著臉不敢看他，「你出去啦。」

唐一白此刻也清醒了許多，有些尷尬，「朵朵，我……」

「出去啊！」

「好，不要生氣，我馬上就走。」他起身緩緩地走到門口打開門，站在門口時，他說：「那個，對不起……」

回答他的是一個飛過來的靠枕。

唐一白趕緊關上門，逃回去了。

回到自己房間，唐一白靠在床上，盯著自己腿間不安分的東西皺眉道：「你就不能冷靜一點嗎！」

他仰躺在床上看著天花板，想想方才那美妙的體驗，忍不住舔了舔唇角。繼而想到她生氣了，他又惆悵起來。

※　※　※

大年三十，他們搭上了飛往N市的飛機。唐一白不確定雲朵是否還在生氣，一路上特別老實規矩，任勞任怨。下飛機時，雲朵突然對他說：「你明天晚上有空嗎？」

「有什麼事？」

「那個……我爸爸媽媽想請你來我家吃頓飯。如果你不能來也沒關係。」

「能去。」唐一白心想，即使要下油鍋我也會去！

他小心地看著雲朵問：「妳……還在生氣嗎？」

雲朵低著頭，「我沒有生氣啊。」

沒有生氣嗎？可是昨天妳的表現明明是氣得快要把房間燒了。

唐一白有點納悶，女孩的心思果然神祕莫測。當然了，他是不可能就這個問題和她辯論的，她沒生氣就謝天謝地了，何必糾結那些細節。

除夕夜和往常沒什麼不同，一大家子在一起熱熱鬧鬧地吃年夜飯，然後守夜看春晚，唯一不同的是這個城市的某個角落裡有了他的牽掛。唐一白一直窩在沙發上用手機跟雲朵聊天。親戚們得知他談戀愛了，都想見見雲朵。一大家子的親戚，唐一白怕這麼多人嚇到雲朵，有些為難。最後路女士說道：「我們已經見過了，小女孩人挺好的，很漂亮，就是有點害羞，你們這麼多人，要是把豆豆好不容易騙到手的女孩嚇跑了怎麼辦？」

一句話逗得大家哄笑，唐一白朝他媽拱手表示謝意。路女士看都不看他一眼。

※　※　※

第二天下午，唐一白提著禮物去了雲朵家。

登門前他有些忐忑，擔心自己哪裡做得不好，擔心雲朵的爸爸媽媽不喜歡他。然而進門之後，雲家爸媽的熱情程度超乎了他的想像，那一瞬間，唐一白甚至有種明星開粉絲見面會的錯覺。

他疑惑地看著雲朵。

雲朵悄悄告訴他，「我爸爸媽媽已經知道你是我的救命恩人了。」

「喔，難怪。」唐一白說完，又有點想不通，問她，「只是因為這樣嗎？」

「不，他們本來就很喜歡你。上次我媽媽收到那個影片之後，別提有多興奮了。」

唐一白一顆心放在肚子裡，「那就好。」

雲朵忍不住笑了，「你也有怕的事情嗎？我還以為你天不怕地不怕呢！」

唐一白趁雲家爸媽沒注意，飛快地親了她一下，看到她的臉頰小小地紅了一下，笑道：

「我還真就天不怕地不怕，但我怕岳父岳母不喜歡我。」

「什麼岳父岳母，你給我放尊重點。」

「有什麼不好，妳還叫我『老公』了呢。」

雲朵瞪眼，「誰叫你了？你作夢吧？」

唐一白翻手機，調出一張圖片給她看，是他上次發的那條微博的截圖。他笑吟吟的，「有圖有真相。」

雲朵簡直不敢相信他能無恥到這個地步，氣得捶了一下他的肩膀，「你怎麼越來越不正常了？你以前不是這樣的！」以前像一朵蓮花一樣，高貴出塵，現在呢……像一朵嗑了藥的蓮花……

唐一白心想，妳那麼可愛，我一看到就想調戲，這能怪我嗎？

等吃飯的時間裡，唐一白想看看雲朵的房間。並沒有什麼下流的念頭，他只是想看看她成長的地方，反正她已經看過他的了。

雲朵的房間布置很溫馨，東西擺放整齊，原木書架上有很多書。隨手拿一本，唐一白看到書頁裡的劃線標記，裡面還夾了花瓣做的書籤。

他笑了，「妳一定從小就是好學生。」

雲朵有些得意，「還行吧，反正一年級就戴紅領巾了。」

「我也戴了。」

「其實你比我強，」雲朵說：「我小時候並沒有能力得奧數競賽的一等獎。話說，你會不會覺得遺憾呢？畢竟我們的思維裡，讀書是第一，許多人是因為書讀不好才去當體育生。我說這番話沒有冒犯的意思喔，這是事實。」她說著說著，職業病犯了，忍不住用了採訪體，然後假設了一個挺誘人的情況：「如果你像別人一樣讀書、參加考試，說不定能考上清華北大呢。」

唐一白把那本書放回到書架，笑道：「清華北大每年有幾千名畢業生，而奧運冠軍四年才有三百多個，我一直覺得我的理想挺崇高的。」

雲朵笑了，她就是喜歡這樣的他，堅定而從容，睿智而豁達。

她找了一個大收納箱，裡面都是她從小到大收藏的東西，黑貓警長的小摩托車、哆啦A夢和美少女戰士的貼紙、還珠格格和神雕俠侶的明信片、庫洛魔法使的文具盒、小豬卡通印章、肯德基送的玩偶、各種漫畫，還有遊戲機、明星相冊、周杰倫的唱片、做了一半的毛線錢包等等。

它像一個大藏寶箱，滿滿都是寶貴的回憶。

女孩子都比較感性，喜歡把記憶具象化，與她相比，唐一白的童年收藏就比較貧瘠了，都是邊玩邊丟，此刻看到這麼大一箱東西，他覺得特別好玩，摸摸這個，撥撥那個，想像著還是包子模樣的小朵朵玩這些東西的情形，他忍不住笑了，眉眼彎彎，目光柔和。

笑著笑著，又有點遺憾。虧了虧了，為什麼沒有早點認識她呢……

雲朵從櫃子裡拿出兩本相冊，兩人靠在一起翻看著。相冊裡更加清晰地記錄著她的成長軌跡，第一張就是她百日的大尺度裸照。

唐一白：「哈。」

她本來覺得沒什麼，他一笑，倒讓她不自在了，於是臉一紅，趕緊翻過去。

唐一白笑道：「妳放心，我會對妳負責的。」

雲朵輕輕哼一聲，「誰要你負責。」

「不要生氣，大不了讓妳看回來。」

雲朵的臉更紅了，害羞得有些暴躁，「誰要看你啊！」

唐一白笑咪咪的，「我是指我的百日照，妳想到哪裡去了？」

「你……」

「好了好了，不生氣，妳打我一下消消氣吧。」唐一白說完，抓著她的手往自己臉上拍。

雲朵又氣又笑，「賴皮啊你。」

唐一白扣著她的手貼在自己臉上，笑吟吟地望著她，視線有些發燙。

雲朵不敢和他對視了，趕緊低下頭繼續翻相冊。

她翻到一張照片，指著裡面最瘦小的一個女孩說：「你看，這就是我們去棲霞山秋遊那次。」

「也是我們真正意義上的第一次相遇。」唐一白用食指輕輕摸著照片上她的小臉蛋，他突然嘆了口氣，說道：「我後悔了。」

「後悔什麼？」

「當時不該想著當什麼無名英雄，一走了之。我就該賴著不走，跟妳回家，等著你們家以身相許，幫我們指腹為婚，那樣妳從七歲開始就是我的了。」那樣，就不會錯過妳這麼多的時光。

既然命中註定我要遇上妳，愛上妳，並且這麼無法自拔，那我何必反抗，不如早點把妳捧到手裡。

雲朵低頭，勾著唇角笑，「這個假設不成立，你七歲時可沒這麼無恥。」

相冊繼續翻，照片裡的小雲朵一點一點變成大雲朵。「女大十八變」這句話在雲朵身上得到了徹底體現，她小時候又瘦又小，到高中畢業時已經成了一個亭亭玉立的小美女。

然後是大學。翻著翻著，雲朵突然說，「唐一白，我要和你坦白一件事情。」

唐一白此刻攬著她的肩頭，正輕輕地嗅著她的頭髮，他答道：「嗯，什麼事？」

「我之前不是跟你說，你是我的初戀嗎？」

唐一白動作頓住，有點緊張，「難道……不是嗎？」

早就知道不是啊，女孩那麼可愛，肯定早被別的豬追過了……唐一白這樣憤憤地想著，渾然不覺他也罵到自己了。

雲朵搖搖頭，「不是，啊不對，是……哎呀，我不知道怎麼說了。你是我的初戀，但是在大學的時候呢，我和我們班的一個男生，其實是有點曖昧的。」

「曖昧到什麼程度？」

「就是，我們班同學總是鬧我和他。他是校草，其實喜歡他的女生很多，我周圍也有女生喜歡他，可她們就是喜歡撮合我們。」她說著，指指照片中的某個男生，「喏，就是他。」

唐一白低頭看了一眼，嗯，確實很帥。當然，這種類似於前情敵的存在，他是不會在口頭上誇讚的，因此說：「還行，馬馬虎虎吧……那後來呢？」

「這件事說起來還真是有點狗血。一開始我有點討厭，但他對我挺好的，別人起鬨的時候他也不辯解，我就以為他喜歡我。女生嘛，其實都有虛榮心，我必須承認，被校草喜歡也是一件值得得意的事。我想我大學時女生緣不好也跟這件事有關，唯一對我不離不棄的也只有陳思琪了。但是他從來不和我表白，我也沒和他表白。好，神轉折來了，大三那年，我不小心看到他和我們一個老師接吻。」

唐一白有些驚訝，「老師？」

「對，那個老師比他大六歲還是八歲，我忘了。據說老師是以前當他家教的時候認識的，後來就在一起了，他們從大一就在校外同居，不過一直很低調，沒人知道。這都是他自己跟我說的，嗯，他主動跟我道歉了，承認他一直拿我當掩護。」

這個結局比較好，至少不是雲朵主動去質問那個男生。唐一白知道這兩者有著本質上的區別。他稍稍放了心，又問，「所以，妳好像也不是很喜歡他？」

雲朵搖了搖頭，「不喜歡。他道歉的時候我除了有點氣他利用我，也沒別的情緒，心酸啊吃醋啊之類的都沒有。後來我仔細分析了一下，感覺應該是性格不合。他這個人雖然長得帥，但總是給人一種冷冰冰、陰森森的感覺，還面癱，我不喜歡這樣的。不過我必須承認，他挺優秀的，後來進了新聞部。」

唐一白有點慶幸。幸好那個面癱的校草心有所屬，幸好雲朵不喜歡他的性格，甚至……幸好他拖住了雲朵，沒讓她被別人拐走。

雲朵嘆了口氣，「我一開始挺討厭他利用我的，後來想想，他們也滿不容易的。前幾天在微信上聯繫，他說他想結婚，但是家人不同意，因為女朋友比他大好幾歲。」

唐一白說：「我也被比我大好幾歲的女孩表白過。」

雲朵有了興趣，眨著眼睛看他，「那你有什麼反應？」

唐一白失笑，刮了一下她的鼻尖，「能有什麼反應，拒絕。」

「怎麼拒絕的？感覺你很會拒絕女孩。」

「嗯，我對她說『我怎麼可能喜歡妳，我永遠也不想看到妳』。」

雲朵嚇得張大嘴巴，「你、你有必要這樣嗎？」

唐一白苦笑，「情況特殊，我當時心情很糟糕，而且年紀還小，著急起來說話就不留情面。後來我們失去聯繫了，如果再見到她，我很想和她說聲『對不起』。」

雲朵連忙點頭，「你確實欠人家一個對不起……我還以為你很會哄女孩子呢。」

他笑了：「只會哄妳。」

大年初一這頓晚飯特別豐盛，並且雲家爸媽知道運動員不能隨便在外面吃豬肉，於是一點豬肉都沒煮。吃完飯之後，雲家爸媽讓雲朵帶著唐一白出門玩。

「玩什麼呢？」雲朵問唐一白。

「什麼都可以。」

「那麼，我們去逛夫子廟燈會吧？」

「好。」

夫子廟燈會在秦淮河邊，每年舉辦一次，已經舉辦過很多次了，反正從雲朵有記憶時起就有夫子廟燈會。她和唐一白在夫子廟附近買了一些零食小吃，唐一白簡直是個購物狂，看到什麼都想買，五香豆、蟹黃燒餅、鴨胗、小籠包、雞仔蛋，還有巧克力、香瓜子、山核桃仁、果汁、優酪乳……最可怕的是他光買不吃，拎著一大堆東西，雲朵要吃什麼他就遞什麼。

雲朵有些無語了，「你怎麼不吃？」

「我不愛吃零食。」

雖然不愛吃零食，但是很享受投餵零食給女朋友的樂趣。

河邊有很多人在逛燈會，到了摩肩接踵的地步。唐一白好奇地道：「這裡每年都這麼多人嗎？」

「這樣就算人多了？你等元宵節再來看看，保證穿著鞋進來，光著腳出去。」

「有那麼誇張？」

「絕、對、有。」

兩人聊著天，路過一座碼頭。碼頭上停著好多畫舫，有大有小，唐一白看著河面上慢悠悠路過的漂亮畫舫，問雲朵：「我們要不要也租一艘？」

雲朵望著燈影下波光晃動的水面，水面下一定是冰冷的、黑暗的、深不可測的，接近絕望和死亡……不安的感覺悄悄爬上心頭，她有點怕，向後退了一步。

唐一白知道她怕水。看到她這樣子有點心疼，攬著她輕輕拍她的肩頭，溫聲說道：「不要怕，我在這裡。妳不想坐船我們就不坐。」

雲朵卻說，「可是我也不能一輩子怕水啊。」

「那又怎樣，誰都會有害怕的東西。」唐一白說著，看到雲朵正在猶豫，似乎要下什麼決心。他了然，將她往懷裡帶了帶，說：「如果妳想試試，朵朵，我陪著妳。只要我在，妳不會有任何事。」

當然，你可是專業的……

雲朵緊張之餘還有心情調侃，她咬了咬牙，「那我們試試吧。」

唐一白租了一艘小畫舫。他知道雲朵只要一接近大面積的水就會兩腿發軟，因此決定不讓她親自登船。他把圍巾解下來圍住她的眼睛，先把剛才買的形形色色的小吃遞給船夫，然後他揹著雲朵登上船。雲朵沒想到他能體貼到這種地步，溫柔到這種程度。黑暗中，她趴在他的背上，眼眶澀澀的。

那一刻她心想，這輩子能遇上這麼一個男人，絕對值回票價了。

上船之後，唐一白把雲朵抱在懷裡，兩人依偎著坐在船頭。

然後他拿下她臉上的圍巾。

雲朵一看到粼粼的水面，一陣目眩，幾乎是本能性地又要往後退，然而身後是他的懷抱，火熱而牢固。他緊緊地抱著她，在她耳邊柔聲說，「不怕不怕，朵朵一點也不怕。」

「不！」雲朵的身體輕輕發抖，她感覺自己離那黑暗又絕望的氣息是如此之近。害怕到顫抖，像失去理智一般瘋狂地搖著頭，「不！！！」

唐一白牢牢地控制住她，以防她的動作太過激烈。他把聲音放得更低柔，柔得幾乎要黏牙了，他說：「朵朵不怕，妳一直是一個勇敢的女孩，妳比妳自己想的還勇敢。妳不要怕，我保護妳，有我在，任何東西都不能傷害妳。我保護妳，我保護妳一輩子，我愛妳啊朵朵……」

情不自禁、脫口而出的告白，卻又那麼自然而然，水到渠成，以至於兩個人都沒意識到那三個字的分量。雲朵心跳加速，呼吸急促，她死死地抓著他的手，顫著聲音叫他，「唐一白，唐一白……」

唐一白回握她的手，安慰她道：「我在，我一直在。有我在，水沒什麼好怕的。朵朵，真正可怕的是妳內心的恐懼，戰勝它，妳就能戰勝水了。」

「我、我怕。」

「不怕，相信我，有我在，妳就算掉到海裡去，我都會把妳撈上來，我可是浪裡一白條。」

雲朵被他逗笑了，她一咧嘴，眼淚卻止不住地掉下來，啪嗒啪嗒，淚珠落在他手背上。唐一白捧著她的臉，輕輕地吻她的淚水，一邊吻一邊說，「水裡是我的天下，我的天下就是妳的天下，只要有我在，水就不能傷妳分毫。」

雲朵哭得更慘了。

唐一白感覺她的身體還在發抖，他擔心再這樣下去她會生病，便想把她抱進船艙。

雲朵卻固執地堅持留在船頭，唐一白說得沒錯，恐懼來自內心，她想要戰勝它，首先要面對它。

那是一種怎麼樣的感受啊。她面前是最可怕的陰影，她背後是最溫暖的依靠，她處在溫暖和恐懼的拉鋸戰中，雖然嚇得臉色發白卻始終不曾閉眼躲避。最後畫舫靠岸時，她也不知道自己是什麼情況，總感覺是被各種情緒聯合洗禮了一番，變得心力交瘁。可能是身體變虛弱了，總之她沒有先前那麼怕了。

她還想自己下船，可惜剛站起來又差一點摔下去。

——恐懼是一種特別消耗能量的情緒，她的腿都嚇軟了。

最後還是唐一白把她揹上了岸。他也就沒把她放下來，繼續揹著前行。雲朵伏在他背上，鼻子酸酸的，突然又想落淚了。她帶著哭腔說，「唐一白，你為什麼對我這麼好？」

唐一白說，「我不想看到妳難過。看到妳難過，比我自己難過還要難過一百倍。妳行行好，為我笑一個吧。」

雲朵被他逗得噗哧一笑，輕輕捶了一下他的肩膀，「你又油嘴滑舌。」

唐一白有點鬱悶，委屈地說，「妳總說我油嘴滑舌，甜言蜜語，會哄女孩。可是我跟妳說的都是實話啊……」

唐一白把雲朵送回家時說：「我回去後過幾天又要去澳洲外訓，我們會有一個多月不能見面。」說到這裡，有點惆悵。

其實身為運動員，本來他們倆膩在一起的時間就不多。但是在國家隊基地時，雲朵休息日可以去找他，就算兩人待不了多長的時間，至少能見見面。

這下好了，他們只能靠著手機傳遞相思之苦了。

※　※　※

次日晚上，唐一白搭乘飛機返回B市。祁睿峰比他先一步歸隊，兩人卸下一路風塵，去吃了宵夜。席間，祁睿峰神祕兮兮地看著唐一白，欲言又止。

唐一白有點疑惑，「峰哥你到底想說什麼？」

「唐一白，大年三十那天晚上睡覺時，你猜我夢到了誰？」

唐一白挑眉，「向陽陽？」

祁睿峰嗤笑一聲，「呿，我夢她做什麼——我夢到林桑了！」

唐一白若有所思地看著祁睿峰，末了問道：「峰哥你是不是想告訴我，你暗戀林桑很多年，現在終於願意坦白了？」

祁睿峰把腦袋搖得像波浪鼓，「不不不，我怎麼可能喜歡林桑，她太嬌氣了。」他摸著下巴擰起兩道眉毛，神色猶疑，「但在夢裡她讓我轉告你，最近小心一點。唐一白，你最近還是小心一點吧。」

唐一白覺得挺莫名其妙的，「作夢而已，何必當真。」

「但我總覺得這次不一樣，自從她不見了，我還是第一次夢到她。」

唐一白不以為然，「就算她想提醒我，為什麼不自己對我說，還要你來轉告？日有所思，夜有所夢，你一定是白天看到和她有關的東西了，所以晚上才會夢到她。」

祁睿峰仔細想了一下，點點頭，「也有可能，大年三十那天隊醫打電話跟我說禁藥清單的事，你說煩不煩，過年跟我說那種事，根本不想聽。」

唐一白點了點頭，沉吟半晌，他問道：「峰哥，林桑真的一直沒有聯繫你？」

「聯繫了啊。」

唐一白意外地看著他，「什麼時候？」

「就大年三十，不是剛跟你說了嗎？她託夢給我了。咦，『託夢』這個詞好像形容是死人的？」祁睿峰說到這裡突然捂住嘴巴。罪過罪過。

唐一白嘆氣道：「如果她在現實中聯繫你了，麻煩你告訴我一聲，我想跟她說一聲對不起。」

祁睿峰不可思議地看著他，「你跟她道什麼歉？是她該跟你道歉吧，把你害得那麼慘，害你被禁賽，害你斷腿，差點一輩子都不能游泳了，你……」

唐一白擺擺手，示意祁睿峰不要再說下去了。他說：「峰哥，其實有一件事我一直沒和你說過。」

「什麼事？」

「我受傷那天，林桑跟我表白了。」

祁睿峰吃驚地瞪大眼睛，用了將近半分鐘來消化這個事實，然後感慨道：「是不是每一個我們共同認識的女孩都喜歡你？」

唐一白舉出有力反證，「陽姊就不是。」

「你不要老是提她！快說，那麼後來呢？你怎麼說的？」

唐一白垂眼看著桌面，有些無奈地說，「我把她罵走了，說了一些很傷人的話。」

祁睿峰輕輕拍了拍他的肩膀，嘆氣道：「我可以理解，你不要自責了。」頓了頓，他問道：「你是不是很恨她？」

唐一白緩緩搖了搖頭，「也不是。其實那件事不能完全怪她，各方面的原因都有吧，要怪就只能怪我自己太倒楣了。但是我在醫院裡得知自己骨折的那一刻，真的有種天塌下來的感覺，可能是因為負能量累積太多，總之完全不能控制自己的情緒，把氣都撒到她身上了。

即使她真的做錯了，即使我的腿是因為她骨折的，即使我真想給她教訓，我也不該用那種方式。女孩的感情都很脆弱，我那樣罵她一定特別傷人心。」

祁睿峰不知道要怎麼安慰他，沉默一會兒後說：「我覺得你不用道歉，她肯定不會怪你的，你救過她的命呢。被救命恩人罵幾句算什麼？算了，這都是過去的事了，你不要再想了。」

「嗯，不想了。這麼久了，她應該也早就看淡了。希望她現在過得幸福。」

※　※　※

正月初八，雲朵還待在家裡過著像豬一樣的生活。唐一白已經飛往了地球的南端，開啟為期四週的外訓。他這次聯繫的依然是法蘭克教練，一年未見，法蘭克教練見到他時一點也不覺得生疏，熱情地和他擁抱。法蘭克教練說：「我看了你在亞運會的比賽，非常出色，這讓我對你更有信心了。」

「謝謝你，法蘭克，今年世錦賽我要游得更好。」

法蘭克幫他制定了很嚴密的訓練計畫，盯著他訓練時的每一個細節進行糾正。法蘭克教練對他的要求比對別人還嚴格。

就這樣過了幾天，法蘭克有些驚訝地對唐一白說，「你今年的狀態比去年好。」

唐一白低頭牽著嘴角笑，「我戀愛了。」

「你真的決定了？你忘記我對你的忠告了嗎？」

「我沒有忘記，我要謝謝你。但我想說的是，我不能錯過那個女孩。我不敢說和她在一起之後我一定能拿金牌，但我絕對敢說，如果我錯過了她，我一定也會錯過金牌，因為我會憂傷到無心比賽。」

法蘭克笑了，「那我祝福你。」

這樣的愛情，沒有人捨得不去祝福。

唐一白白天訓練刻苦，簡直快累成狗，晚上只能利用那可憐的一點時間捧著手機，從女朋友那裡尋求慰藉。祁睿峰一天都說不了幾句中文，到了晚上唐一白還不理他，別提有多鬱悶了，他只好找翻譯聊天，喋喋不休的，把翻譯煩得……

此時節正是澳洲的夏天，黃金海岸最美的季節。幾乎每天都能在海灘上看到穿著泳裝的男男女女。唐一白只要往海灘上一站，多半能吸引不少狂蜂浪蝶，實在是因為他的身材太好了，不止身材比例好，而且肌肉漂亮勻稱，與那些在健身房裡練出來的死肌肉完全不同概念，讓人看了就怦然心動。而且他顏值高啊，就算外國人不懂欣賞東方美，但是美學這東西總有一部分是人類通用的心理，因此有許多歐美女孩還是覺得他的臉孔好看，不同於歐美漢子的好看。

有一次，唐一白在海邊散步，兩個金髮碧眼的比基尼美女扭著小蠻腰向他走過來，他視而不見，繞過她們繼續散步。結果女孩們鬼鬼祟祟地跟在他身後，一邊走一邊用英文交談。

A：「他身材真好。好性感！」

B：「我們和他一起玩吧？3P？YEAH～！」

A：「可他不喜歡我們，他看都不看我們一眼，會不會是個Gay？」

B：「可能性很大。我們可以讓史密斯去搭訕他。」

A：「那麼布萊克怎麼辦？他會不高興的。」

B：「可以讓他們一起玩。3P啊，YEAH～！」

唐一白：「……」你們外國人太會玩了……

—未完待續—

高寶書版集團
gobooks.com.tw

YH 037
戀上浪花一朵朵（中）

作　　者　酒小七
特約編輯　Rei
責任編輯　陳凱筠
封面設計　恬　恙
內頁排版　賴姵均
企　　劃　方慧娟

發 行 人　朱凱蕾
出　　版　英屬維京群島商高寶國際有限公司台灣分公司
　　　　　Global Group Holdings, Ltd.
地　　址　台北市內湖區洲子街88號3樓
網　　址　gobooks.com.tw
電　　話　(02) 27992788
電　　郵　readers@gobooks.com.tw（讀者服務部）
　　　　　pr@gobooks.com.tw（公關諮詢部）
傳　　真　出版部(02) 27990909　行銷部 (02) 27993088
郵政劃撥　19394552
戶　　名　英屬維京群島商高寶國際有限公司台灣分公司
發　　行　英屬維京群島商高寶國際有限公司台灣分公司
初　　版　2021年 5 月

文化部部版臺陸字第110030號；許可期間自110年5月25日起至114年6月28日止。
本著作物由北京晉江原創網絡科技有限公司授權出版。

國家圖書館出版品預行編目(CIP)資料

戀上浪花一朵朵 / 酒小七著. -- 初版. -- 臺北市：英屬維京群島商高寶國際有限公司臺灣分公司, 2021.05
　面；　公分. --

ISBN 978-986-506-121-0(上冊：平裝). --
ISBN 978-986-506-122-7(中冊：平裝). --
ISBN 978-986-506-123-4(下冊：平裝). --
ISBN 978-986-506-124-1(全套：平裝)

857.7　　110005929

GOBOOKS
& SITAK
GROUP©